FdLB,BR&AOCqnStS,qS,
DdCVsSqaLqS,CE,SvdE,
PqDnP,uHCLF&OHqnCA,
dMqTVPQeG

COSACNAIFY

Foras da lei baru
vosas e algumas ou
são tão sinistras,
dendo de como vo
lugares que somem,
seres vindos do espa
recem no Peru, um
Lars Farf e outra
seguimos acabar, de
cê possa quebrar es

hentos, bolhas rai-
ras coisas que não
quem sabe, depen-
cê se sente quanto a
celulares extraviados,
ço, pais que desapa-
homem chamado
história que não con-
modo que talvez vo-
se galho.

Histórias escritas por Nick Hornby, Neil Gaiman, Jon Scieszka, Jonathan Safran Foer, Clement Freud e outros. Com uma introdução e quase meia história de Lemony Snicket. Tradução de Heloisa Jahn.

Este livro é dedicado ao General Wilson, um carvalho solitário que doou sua casca, seus galhos e seu cerne para formar a polpa que produziu este papel, para que assim você pudesse desfrutar do prazer da leitura por algumas horas. Não, não – nada de culpas. Ele ficou feliz de fazer isso por você. Claro, estava muito empolgado com a ideia de produzir bolotas na próxima primavera, mas está convencido de que o prazer que lhe deu valia o sacrifício. E além disso, esta dedicatória compensa amplamente a perda de seu tronco, galhos, folhas – tudo que um dia ele ergueu para o céu com tanto orgulho. Mas não, ele está mais que satisfeito em hoje ser um toco, se for para sua felicidade. Não quer deixar você abatido com seus fracassos. Por favor, curta este livro.

PALAVRAS CRUZADAS TREMENDAMENTE DIFÍCEIS

Criado por David Levinson Wilk – Respostas na página 224

Horizontais

1. Rabiscou com uma caneta
6. Vai além de simplesmente bebericar
7. Escolher entre uma coisa ou outra
8. Já aconteceu
11. Substância na qual as crianças de "Monstro" ficaram com os pés presos
12. O que fazer em dia de eleições
13. Lugares onde Lars Farf instala a família
14. Cidade mencionada em "O Sexto Distrito", onde se localiza a Torre Inclinada
15. Homem do mar
16. "O que é ____, fígado picado?"
19. Tipo de clube ao qual pertencem os principais personagens de "Pássaro--do-sol"
21. Quantas pessoas conseguiam pular de Manhattan para o Sexto Distrito
25. Detesta
26. Não vá
27. Empresas (abr.)
28. Canoas e caiaques, p. e.
31. Scarlett de *E o vento levou*
32. Círculo
33. "E quem é o presidente de Champina?", a mãe de Stefan respondeu: ____
34. Coisa que "provoca Medo", segundo a Hipótese de Farf
35. "Como é que não dá para ____ o país inteiro num mapa?" (de "Pequeno país")
37. Empregar
38. Casa de passarinho
40. Tropeçou
42. O ____ de Hamelin
47. Acabar ____ (sem vencedor)
48. Como ficou Gwen Farf ao rever o pai
49. Origem da namorada de Terence ("Monstro")
50. Vazar

Verticais

1. Como os ovos feitos na Páscoa
2. "E ___ não me arrependo de comê-la" (de "Pássaro-do-sol")
3. Utensílio utilizado por Wally em "As competições de Cowlick"
4. 1 138 ____ pertenciam à sra. Seymour
5. *Um grande* ____ (livro de Nick Hornby)
7. A mãe de Seymour é uma ____
9. Nitrogênio ou hélio
10. Este livro tem 224
13. Local para onde algumas cartas são enviadas
17. Palavra usada antes de "sorte" ou "saída" para indicar falta

18. Viagens com guias
20. Martin Alonzo encontrou um ____
22. Recurso literário utilizado em "Monstro" quando se diz que a voz do monstro é "uma árvore morta cheia de abelhas"
23. Peixe de nariz comprido
24. Energia
29. Refúgio do Piu Piu
30. Observa parado no céu
36. Congro ou moreia
39. Spandy-3 e Osso de Porco, por exemplo
40. Lugar onde se localiza a Cidade do Sol
41. Gasto (adj.)
43. Quantidade de conteúdo de uma garrafa
44. Significado de *oui*, em português
45. Cordilheiras que os pais de Grimble talvez tenham avistado no Peru
46. Que não é difícil

ESCRITORES & ILUSTRADORES

Barry Blitt já ilustrou vinte capas para a revista *The New Yorker*. Também ilustrou vários livros, entre eles *Baby's First Tattoo*.

Juliette Borda é uma ilustradora conhecida por suas aquarelas em pequena escala; os temas de suas ilustrações vão de escândalos corporativos a piolhos.

Peter de Sève é, entre outras coisas, colaborador frequente da *The New Yorker* e criador dos personagens da animação *A era do gelo*. Em 2002 ganhou o Prêmio Hamilton King, da Society of Illustrators.

Shelley Dick é uma artista de Winnipeg que atualmente curte a vida em Nova York.

Henrik Drescher é um ilustrador cujo trabalho aparece regularmente em *The New York Times*, *The Washington Post*, *Newsweek* e *Rolling Stone*. Ele também já escreveu e ilustrou uma série de livros para crianças e adultos, entre eles *Turbulence*.

Jeanne DuPrau é autora de *The City of Ember* e de sua continuação, *The People of Sparks*. Já trabalhou como escritora, professora e editora, e atualmente vive na Califórnia.

Marcel Dzama é autor de livros como *The Berlin Years* e *Drawings for Dante*. Ilustrou o livro *Bed, Bed, Bed*, escrito por They Might Be Giants.

Jonathan Safran Foer é autor do romance *Tudo se ilumina*, que ganhou inúmeros prêmios, entre eles o Guardian First Book Prize, e ganhou uma versão em filme longa-metragem. Seu segundo livro, *Extremamente alto & incrivelmente perto*, foi publicado no início de 2005.

Clement Freud é o autor de *Grimble*, que estreou no *Jackanory* (programa com contação de história) da BBC em 1968 e conquistou a atenção de uma audiência de 23 500 pessoas. Além de escritor e jornalista, Freud é restaurador, político e cavaleiro.

Neil Gaiman é o criador e escritor da série da DC Comics *Sandman*, que ganhou nove Will Eisner Comic Awards. Seu primeiro livro infantil, *Coraline*, foi um *best-seller* no *New York Times*. Já visitou o Brasil para o evento Flip em 2008. Mora em Minnesota, EUA.

David Heatley é um cartunista que mora em Nova York. Publica uma série chamada *Deadpan*. Suas ilustrações aparecem em *The New York Times*, na revista *McSweeney's* e na antologia de quadrinhos *Kramer's Ergot*.

Brett Helquist é mais conhecido como o ilustrador de *Desventuras em série*, de Lemony Snicket. Sua arte também apareceu na revista *Cricket* e em *The New York Times*. Já escreveu diversos livros, inclusive *Roger, the Jolly Pirate*.

Nick Hornby é autor de diversos livros, entre eles *Febre de bola*, *Um grande garoto* e *Uma longa queda*. Em 1999 recebeu o E. M. Forster Award, da American Academy of Arts and Letters. Mora em Londres, no Reino Unido.

Richard Kennedy é o autor de *Amy's Eyes*, *The Boxcar at the Center of the Universe* e muitas outras histórias ilustradas pela amiga e colaboradora de longa data Marcia Sewall. Kennedy vive na cidade de Newport, EUA.

James Kochalka é mais conhecido por seu romance gráfico *Monkeys vs. Robot* e por *Sketchbook Diaries*, muito elogiado pela crítica. Atualmente mora em Burlington, Vermont, com sua mulher Amy e seu gato Spandy.

David Levinson Wilk tem publicado suas palavras cruzadas em *The New York Times*, *Los Angeles Times*, *USA Today*, e mais trinta jornais semanais. Uma coletânea de sua obra, *Really Clever Crosswords*, foi publicada em 2004.

Kelly Link é a autora de *Stranger Things Happen* e *Magic for Beginners*. As histórias de Link apareceram em *McSweeney's* e *Conjunctions*. Ela também editou a antologia *Trampoline*, indicado ao World Fantasy Award.

George Saunders é autor de duas coletâneas de histórias, *Pastoralia* e *CivilWarLand in Bad Decline*. Seus textos saíram em publicações como *The New Yorker* e *Harper's*, e lhe renderam o National Magazine Award por duas vezes. Atualmente leciona no departamento de escrita criativa da Universidade de Syracuse.

Jon Scieszka é o autor de *Monstromática*, *O Homem-queijo Fedido*, *A verdadeira história dos três porquinhos* e *Squids Will be Squids*. Mora em Nova York com a mulher e os dois filhos.

Lane Smith trabalhou com Jon Scieszka em vários livros, entre eles *A verdadeira história dos três porquinhos* e *O Homem-queijo Fedido*. Também ilustrou *The Persistent Gappers of Frip*, de George Saunders.

Lemony Snicket é o autor da coleção *Desventuras em Série*, adaptado em um filme de mesmo nome. O sr. Snicket é uma figura esquiva, que frequentemente deixa a tarefa de comunicar-se com desconhecidos nas mãos do seu querido amigo Daniel Handler.

Rachell Sumpter trabalhou como ilustradora para a editora HarperCollins e para as publicações *InStyle* e *YM*. Suas pinturas são com frequência expostas em galerias. Atualmente vive em Los Angeles, EUA.

Sam Swope é autor de livros infantis como *João e os sete gigantes mortais*, com ilustrações de Carll Cneut e *Gotta Go! Gotta Go!*. Também é dele *I Am a Pencil*, um relato dos três anos que passou ensinando redação numa escola em Nova York.

Jan Van Der Veken é um artista e ilustrador independente, fundador da firma de design Fabrica Grafica. Seu trabalho já apareceu na *Drawn & Quarterly* e em várias publicações na Bélgica, entre elas *De Morgen* e *De Standaard*.

Coordenação editorial [edição original] TED THOMPSON e ELI HOROWITZ
Coordenação editorial ISABEL LOPES COELHO
Preparação MALU RANGEL
Revisão MARIA FERNANDA ALVARES e RAQUEL ARANTES TOLEDO
Sobrecapa MARINA CHACCUR e FLÁVIA CASTANHEIRA
Capa [edição original] CHIP KIDD
Tratamento de imagens WAGNER FERNANDES
Produção gráfica LILIA GOES

Nesta edição, respeitou-se o novo Acordo Ortográfico da Língua Portuguesa.

Dados Internacionais de Catalogação na Publicacão (CIP)
(Câmara Brasileira do Livro, SP, Brasil)

Vários autores
Foras da lei barulhentos, bolhas raivosas e algumas outras...
Título original: *Noisy Outlaws, Unfriendly Blobs, and Some Other...*
Vários ilustradores
Tradução: Heloisa Jahn
São Paulo: Cosac Naify, 2012
224 pp., 65 ils.

ISBN 978-85-405-0221-5

1. Contos norte-americanos 2. Histórias de terror I. Snicket, Lemony.
II. Título.

12-06089 CDD-813

Índices para catálogo sistemático:
1. Contos: Literatura norte-americana 813

COSAC NAIFY
rua General Jardim, 770, 2º andar
01223-010 São Paulo SP
[55 11] 3218 1444
cosacnaify.com.br
atendimento ao professor [55 11] 3218 1473

FSC
www.fsc.org
MISTO
Papel produzido a partir de fontes responsáveis
FSC® C021887

A marca FSC® é a garantia de que a madeira utilizada na fabricação do papel deste livro provém de florestas que foram gerenciadas de maneira ambientalmente correta, socialmente justa e economicamente viável, além de outras fontes de origem controlada.

Fonte EAMES e WHITMAN
Papel OFFSET 120 g/ m²
Impressão PANCROM
Tiragem 3 000

Horizontais: 1. CANETOU | 6. TOMAR | 7. OPTAR | 8. FOI | 11. LAMA | 12. VOTAR | 13. CÁPSULAS | 14. PISA | 15. MARUJO | 16. ISSO 19. EPICURISTA | 21. UMA | 25. ODEIA | 26. FIQUE | 27. CIAS | 28. BARCOS | 31. OHARA | 32. ARO | 33. EU | 34. AMOR | 35. VER 37. CONTRATAR | 38. NINHO | 40. CAIU | 42. FLAUTISTA | 47. EMPATADO | 48. FELIZ | 49. OHIO | 50. ESCORRER
Verticais: 1. CHOCOLATE | 2.EU | 3. CORDA | 4. GATOS | 5. GAROTO | 7. OGRA | 9. GAS | 10. PÁGINAS | 13. CAIXA POSTAL | 17. SEM 18. EXCURSÕES | 20. CELULAR | 22. METÁFORA | 23. LÚCIO | 24. VIGOR | 29. GAIOLA | 30. PAIRA | 36. ENGUIA | 39. NOMES 40. CAIRO | 41. USADO | 43. LITRO | 44. SIM | 45. ANDES | 46. FÁCIL

INTRODUÇÃO

LEMONY SNICKET

ilustrado por Brett Helquist

A introdução de um livro de histórias é como um aviso impresso num frasco dentro de um armário de remédios, porque poucas pessoas se dão ao trabalho de ler esse tipo de coisa e, quando descobrem que há algo perigoso lá dentro, talvez já estejam mortas. Há inúmeras coisas muito perigosas neste livro, o que é uma notícia desagradável para os personagens das histórias e uma boa notícia para o leitor. Sem coisas perigosas, as histórias tendem a ser chatas, palavra que aqui significa "algo que você talvez tenha de ler na escola", e, embora haja vários tipos de história neste livro – talvez você goste de algumas e desgoste de outras –, nenhuma delas é chata.

Pode ser, porém, que você seja o tipo de pessoa que gosta de histórias chatas. Talvez sua vida seja cheia de perigos e você goste de relaxar no fim do dia com uma história chata, do jeito que alguns gostam de tomar um copo de leite morno antes de dormir, ou talvez você tenha se apaixonado alguma vez por uma pessoa chata e goste de ler histórias chatas que sirvam como lembrança de seu passado romântico. Se esse é o caso, você não vai gostar das histórias deste livro, mas talvez aprecie o restante desta introdução. Como brinde, incluí alguns trechos de histórias chatas para que o leitor chato não se sinta excluído. Se você aprecia histórias chatas, pode ler os próximos parágrafos para sua apreciação chata, mas se não aprecia, não leia.

"Tenho um anúncio adorável a fazer!", gritou o Rei da Terra dos Ursinhos. "Em homenagem ao casamento da Princesa Flor-do-Campo com o Príncipe Macieira, vamos ter um desfile de Ursinhos na Praça da Cidade, que, aliás, é feita de guloseimas!"

Era mais um dia de sofrimento para Mark, que morava com o pai violento numa cabana caindo aos pedaços ao lado dos trilhos da ferrovia infestados de aranhas, tanto das venenosas como das comuns. Tossindo, cheio de dor, enquanto se endireitava na cadeira de rodas, ele se perguntava como pudera ficar viciado em tantas drogas diferentes, quando não tinha mais que algumas poucas moedas para comprá-las.

A semana inteira houvera comentários no vilarejo – algo sobre uma "revolução", parece-me. Mas eu estava ocupado demais, trabalhando

o dia inteiro e dormindo a noite inteira como aprendiz de ferreiro, que era um trabalho muito comum em 1776. Só que então um dia minha vida mudou, quando um homem entrou na loja vestido com roupas apropriadas para o século XVIII. Seu nome era Paul Revere.

"Mas se você é um feiticeiro", Henry perguntou, "por que não pode derrotar o Senhor das Trevas e seu exército de ferozes porcos-espinhos com um movimento da sua varinha mágica?" "Boa pergunta, jovem Henry", respondeu Asa de Rouxinol. "É melhor você se sentar, porque vou passar as próximas nove páginas explicando o que feiticeiros podem e não podem fazer nesta terra mágica específica."

Proibido para meninas. Essas palavras ecoavam em meus ouvidos enquanto eu atravessava correndo o campo de futebol, as travas de minhas chuteiras cintilando ao sol vespertino que incidia sobre o Campo McGilly, aqui na cidade de Filadélfia, Pensilvânia, onde eu havia morado durante todos os doze anos da minha vida com meu pai Horace e minha mãe Cindy, que eram ambos veterinários. *Proibido para meninas!* Que coisa mais injusta!

"Mas a vovó disse para nunca abrirmos essa caixinha feita de madeira brilhante", falou Shirley. "Estou tão curiosa quanto você sobre esses entalhes misteriosos, mas é melhor não desobedecer a vovó."

"Você tem razão", concordou Billy, e as duas crianças guardaram a caixa e nunca, mas nunca a abriram.

"Mas como vamos fazer para salvar um pônei encantado?", Timmy perguntou, enxugando as lágrimas que saíam de seus olhos com as mãos sujas. "Somos apenas criancinhas."

"Criancinhas podem fazer qualquer coisa que quiserem no mundo", disse a Fada Rosa Choque, "elas só têm que fechar os olhos."

"Não seja bobo!", gritou a Minhoca da Divisão Com Muitos Algarismos. "Matemática é legal! Venha comigo e vou lhe mostrar!"

Mamãe me dirigiu um sorriso misterioso e amarrou o avental na cintura. Depois foi até o galinheiro e pegou dois ovos, que bateu numa tigela com um batedor até que eles adquirissem a cor da luz do sol, isso supondo que luz do sol é amarela-clara. Depois pegou um saco de farinha e peneirou a farinha sobre os ovos. Depois foi até o velho celeiro e voltou com um balde de leite, que gotejou para dentro da tigela,

sempre cantarolando. Depois foi até a cidade e voltou com um pacotinho de canela que fez a casa inteira ficar com cheiro de um sonho de Natal tornado realidade. Salpicou a canela na tigela, depois foi de novo à cidade e voltou com um pacotinho de noz-moscada. Aquilo, estranhamente, também tinha cheiro de um sonho de Natal tornado realidade. Depois ela voltou à cidade, cantarolando ao longo de todo o caminho, e voltou com um pacote de bicarbonato de sódio que não tinha cheiro de nada. "Faltam só setenta ingredientes", ela murmurou para si mesma, enquanto tomava outra vez o rumo da cidade.

"Você pode falar!", gritou Betsy. "Caramba! Eu sabia que não era imaginação! Ouvi você com meus próprios ouvidos! Eu não acredito! Macacos me mordam! É verdade! Oba, oba! Você é um peso de papel falante de verdade!"

O Sol se ergueu sobre as pirâmides semiconstruídas e Anano, o menino escravo, foi correndo amarrar a barcaça de seu Mestre às margens do Nilo, que é o maior rio do Egito. Ele passou os dedos pelas letras entalhadas na lateral da barca, que naquela época, caso você não saiba, se chamavam hieróglifos, e pensou consigo mesmo se algum dia poderia aprender a – qual era mesmo a palavra utilizada pelo Alto Sacerdote? *Ler.*

"SOCORRO!", gritou o Rei da Terra dos Ursinhos. "Paul Revere está me batendo com uma caixinha feita de madeira brilhante!"

Desculpe. Esse último trecho talvez não seja tão chato assim.

PEQUENO PAÍS

NICK HORNBY

ilustrado por David Heatley

Eu tinha seis ou sete anos quando descobri o quanto nosso país era pequeno. Fui o último da minha classe a saber. A professora pendurou um grande mapa da Europa na parede e nos mostrou os países à nossa volta – França, Suíça, Itália. Levantei a mão e disse: "Onde nós estamos? Onde fica Champina no mapa?". E todo mundo, até a professora, riu de mim.

"Não dá para ver Champina no mapa, Stefan", ela disse.

"Por que não?"

"Porque somos pequenos demais."

"Mas a gente tem que estar em algum lugar."

"Claro que sim. Mas não dá para ver a gente", a professora falou.

"Como é que não dá para ver um país inteiro num mapa?", perguntei a ela.

Senti que minhas orelhas estavam ficando vermelhas. Deu para perceber que as outras crianças sabiam alguma coisa que eu não sabia.

"Você sabe por que nos chamamos Champina?", a professora me perguntou.

Encolhi os ombros. “Não. Pensei que fosse porque alguém gostava muito de champanha.”

Todas as outras crianças riram novamente.

“E quem ia tomar champanha aqui?”, perguntou a professora. “Não. *Champ* é campo em francês. Nos chamamos Champina porque nosso país inteiro não é maior do que um campo. Antigamente Champina *era* um campo, até construirmos nosso vilarejo em cima dele.”

“Você quer dizer que somos o único vilarejo do país?” Eu não podia acreditar naquilo. Nosso vilarejo é minúsculo.

“Do outro lado do riacho é a França. A Itália fica atrás da cerca dos fundos da lojinha. E o jardim do Monsieur Petit está metade em Champina e metade na Suíça”, explicou a professora.

Em menos de um minuto dava para atravessar nosso país andando. Dava para fazer isso sem respirar, se você quisesse.

Dava até para jogar uma pedra por cima do país, desde que você jogasse alto e não acertasse a janela do quarto do Monsieur Petit.

"Por que você não me falou que a gente morava no menor país do mundo?", perguntei para minha mãe quando cheguei em casa.

"Pensei que você soubesse", ela respondeu.

"Como é que eu ia saber?", perguntei. "Se ninguém me conta?"

"Que diferença faz, de todo jeito?", ela disse.

"Conheço todas as pessoas do país inteiro", falei. "Não existe ninguém que more em Champina e que eu não conheça."

"Isso é bacana, não é?", minha mãe me perguntou. "É legal morar num país onde não há estranhos."

Eu não tinha certeza disso. Pensei que poderia me entediar, olhando sempre para os mesmos rostos, se vivesse no país durante toda a minha vida.

"Além disso, países não costumam ter presidentes e primeiros-ministros e coisas assim?"

"Claro", concordou minha mãe. "Aqui é a mesma coisa."

"Certo. Então quem é o presidente de Champina?"

"Sou eu", ela disse.

Olhei para o rosto dela para verificar se estava brincando, mas ela não estava.

"Você é a presidente de Champina? Você?"

"Sou", ela respondeu. "Pensei que você também soubesse disso."

"Você não... Você não *faz* nada. Só prepara nossos sanduíches e lava as roupas."

"Vou a uma reunião no bar do Monsieur Grimandi uma vez por mês", ela disse.

Eu sabia dessas reuniões. Elas acontecem até hoje. Todos os

adultos do vilarejo falam sobre lixo e sobre consertar as cercas para que as vacas não invadam a estrada.

"Mas cadê os soldados batendo continência?", perguntei. Você tem que entender que eu era muito jovem.

"Não temos nenhum soldado", ela respondeu.

"E onde a gente prende as pessoas?"

"Não temos prisão", ela disse.

Continuamos assim por mais um tempo, até eu entender que Champina não é um país do mesmo jeito que a Itália é um país, ou a França, ou os Estados Unidos. Não temos nossos próprios selos, ou nosso dinheiro, ou nossos canais de televisão, ou nossas prisões, ou nossos soldados, ou nossa força aérea, ou nossa marinha. Qualquer um poderia nos invadir amanhã, se quisesse, só que ninguém quer. Não teria por quê. Nenhum país grande precisa de um campo a mais, de uma loja e de um café.

Mas mesmo não tendo a maioria das coisas que você encontraria em países normais, nós tínhamos nosso próprio time de futebol.

Meu pai quebrou a perna por causa do futebol. Só que ele não estava jogando. O que aconteceu foi que ele estava assistindo a um jogo na TV e de repente a imagem começou a tremer, então começou a sair fumaça do aparelho e a tela ficou preta. Eu não estava assistindo. Estava lendo no sofá. Odeio todos os esportes, especialmente futebol, porque é o esporte sobre o qual as pessoas mais falam.

Ele estava bastante chateado pela TV estar quebrada, então se levantou e chutou a cadeira.

"E a TV antiga?", minha mãe lembrou. "A pequena? Ela funcionava perfeitamente."

Ela ficou brava quando meu pai comprou uma TV nova. Disse que não precisávamos de uma tela grande, mas isso é porque ela só assiste programas em que as pessoas ficam falando. Ela não assiste programas de esportes. Se você precisa ver uma bola de tênis ou de futebol, as TVs pequenas não servem.

"E onde ela está?", meu pai perguntou de mau humor.

"No sótão", minha mãe respondeu.

Ele estava tremendamente apressado, não queria perder nenhum lance do jogo. Pegou a escada, subiu até o sótão, depois

caiu enquanto tentava levar a TV para baixo. Todos ouvimos o estalo. Soubemos na hora que ele tinha quebrado alguma coisa.

Três dias depois, ao entrar na cozinha de muletas para o café da manhã, ele me disse: "Você sabe o que isso significa, não sabe?". E eu fingi que não sabia, mas sabia. Foi a primeira coisa em que pensei no instante em que ele caiu. Mas não podia dizer isso a ele. Ele teria ficado bravo comigo.

"O que isso significa?", perguntei.

"Significa que você vai ter que jogar", ele respondeu.

Não falei nada.

"Você vai ter que jogar", ele repetiu.

"Não vou", respondi. "Não tem nenhuma lei falando isso."

Contando meu pai, existem exatamente onze homens e meninos em Champina em condições de correr para cima e para baixo num campo de futebol, e todos jogam na seleção. Ninguém nunca recusou, mesmo sendo uma tortura. Deveríamos estar jogando contra outros vilarejos, mas como somos um país, jogamos contra outros países. Não são grandes países – jogamos contra San Marino, contra o Vaticano, contra lugares assim –, mas todos esses lugares têm mais de onze jogadores entre os quais escolher, e todos eles nos vencem de lavada. San Marino, por exemplo, normalmente perde as partidas contra a Itália ou a França por nove ou dez gols, mas quando joga contra Champina, o time deles nos derrota por 30 x 0.

Só que ninguém parece se importar. Algumas pessoas em Champina – não os que realmente jogam, mas alguns dos mais velhos – até parecem gostar das coisas desse jeito. Atrai alguma atenção sobre nós, porque uma ou duas vezes por ano um jornalista esportivo de outro país vem ver nosso time e depois escreve um artigo fazendo graça de como somos ruins. Todo mundo sempre faz a mesma piada quando vê um desses artigos de jornal.

"Isso vai nos fazer entrar no mapa", alguém sempre diz. Mas é claro que não há nada que possa nos fazer entrar no mapa.

A verdade, porém, é que até pessoas que adoram futebol estão se cansando de jogar por Champina. Não é nada divertido ser derrotado assim o tempo todo. Meu pai voltou do último jogo reclamando que não tinha sequer encostado o pé na bola. Nem uma única vez, no jogo inteiro. Ele disse que o time adversário tinha mais ou menos ficado com a bola só para eles e que não havia nada que ele e os outros jogadores pudessem fazer.

Ninguém nunca me pediu para jogar, porque eu era jovem demais e porque de todo jeito eu não era bom em esportes. Além disso, é preciso admitir – eu era meio gordo. Não enorme, só... cheinho, você talvez dissesse. Passava um tempão lendo livros e jogando xadrez, e não tanto tempo assim correndo que nem um maluco, que é como as outras crianças por aqui se comportam. Mas agora eu estava com catorze anos e sabia que se alguma coisa acontecesse com qualquer um dos outros jogadores, o próximo da fila seria eu. E agora alguma coisa tinha acontecido – e com meu pai, ainda por cima.

"Quantos outros garotos da sua idade podem dizer que já jogaram futebol pelo seu país?", meu pai perguntou.

"Na verdade nem há tanto motivo assim para se gabar, não é?", falei. "Você só está me pedindo porque não tem mais ninguém. Se houvesse outro menino ou homem na idade certa em todo o território de Champina, você não estaria me pedindo isso."

"Todo mundo joga", papai falou. "Ninguém nunca disse não. É seu dever, Stefan. Seu dever como cidadão de Champina."

"Sempre precisa haver onze jogadores num time de futebol?", perguntei. "Quer dizer, todo time precisa?"

Papai olhou para o teto e revirou os olhos.

"Deus do céu", ele soltou. "Precisa."

"Por que não jogar com dez? Só por alguns meses? Não vou fazer nenhuma diferença. E a sua perna vai ficar boa logo."

"Não posso mais jogar", ele falou. "Estou com quarenta e quatro anos. Já sou velho demais. E vai demorar pelo menos um ano até eu poder correr direito."

"Não dá, pai", falei. "Vou fazer papel de palhaço, só isso."

"Mas se você não aceitar, ninguém vai poder jogar", ele explicou. "Existem regras sobre essas coisas. De todo jeito, ficaria feio para a gente. Seríamos o único país sem um número suficiente de jogadores para ter um time de futebol."

"Nós já somos um país sem um número suficiente de jogadores para ter um time de futebol. Eu não sou um jogador."

"Jogue como um favor para mim", ele falou. "Para me deixar orgulhoso de você."

"Mas essa é a questão", eu disse. "Se eu jogar, você vai sentir vergonha de mim."

E aí fui para o meu quarto, fechei a porta e li um livro.

Alguns dias depois, eu estava em casa assistindo TV quando alguém bateu na porta. Mamãe e papai estavam no café, numa de suas reuniões, mas em Champina é seguro deixar as crianças em casa sem ninguém cuidando e é seguro abrir a porta se alguém bater. A pessoa do outro lado sempre há de ser algum conhecido.

Era o Monsieur Grimandi.

"A presidente quer falar com você", ele disse.

Minha mãe ainda era presidente. Ninguém mais queria o emprego, então as pessoas continuavam votando nela. Parecia não haver nenhuma regra que dissesse por quanto tempo era possível continuar no cargo.

Eu ri. “Depois eu falo com a presidente”, respondi.

“Não estou brincando”, ele disse. “Ela quer que você vá até o café. Imediatamente.”

“Ela poderia ter falado comigo antes de sair. E ela pode falar comigo quando voltar para casa.”

“Nesse caso ela seria sua mãe”, Grimandi falou. “Trata-se de um assunto presidencial, não de um assunto de família.”

“E o que acontece se eu me recusar a ir?”

“Se você se recusar, terei que te levar à força. A presidente me deu permissão para isso. Ela achou que talvez você não quisesse colaborar.”

Eu não queria ser arrastado por Monsieur Grimandi até o café, por isso calcei os sapatos.

Todos os adultos estavam no café. Minha mãe estava sentada sozinha no meio da sala, como a professora costumava fazer no jardim de infância quando lia uma história para nós, com todo mundo reunido à sua volta.

“Ah”, ela disse. “Stefan. Sente-se.”

Alguém me arrumou uma cadeira e a instalou na parte de dentro do círculo, para que todos pudessem me ver falando com minha mãe.

“Que coisa mais idiota”, falei.

Uma pessoa me censurou, provavelmente por eu ter sido descortês com a presidente.

“Vou ignorar este comentário”, ela disse.

“É verdade que você deu permissão ao Monsieur Grimandi para me trazer à força?”, perguntei.

“Eu tinha certeza de que não seria necessário”, ela respondeu. “Você é um menino sensato.”

Olhei para ela. Não queria ter uma discussão na frente de todo mundo, mas não iria esquecer aquilo.

"Você sabe por que pedimos para você vir até aqui?", ela perguntou.

"Não me pediram. Me ordenaram."

"Vou ignorar isso também", ela continuou. "Você sabe por que está aqui?"

"Imagino que seja por causa do futebol", falei.

"Você imaginou corretamente", disse minha mãe presidente. "Por causa do futebol. Foi lhe dada a honra de representar o seu país e você disse não. É isso mesmo?"

"É isso mesmo."

"E você está consciente de que, se não jogar, ninguém mais joga?"

"Acho que estou."

"E não mudou de ideia?"

"Não. Eu odeio futebol e sou um péssimo jogador. Como você bem sabe", eu disse a ela.

Percebi que meu cadarço estava desamarrado, então passei o máximo de tempo possível amarrando ele de novo.

"Às vezes", a presidente falou, "temos que fazer coisas que não queremos. Em tempos de guerra, jovens têm que partir para o combate, mesmo não querendo."

"Não se trata de uma guerra", mencionei. "É só um jogo besta de futebol, e futebol é um saco."

"Certo", disse minha mãe. "Muito bem. Você pode, por favor, esperar lá fora por um instante, Stefan? O conselho precisa ter uma conversa confidencial."

Olhei por um tempo para ela, vi que estava falando sério, e saí do café. A porta se fechou atrás de mim para que eu não pudesse escutar nada.

Quando me mandaram entrar novamente, vi que minha mãe estava com uma expressão muito séria no rosto e por um momento quase acreditei que ela era mesmo uma presidente.

"Stefan", ela sentenciou. "Respeitamos sua decisão de não jogar pela nossa seleção. Mas você precisa entender que vivendo neste país... Bem, como cidadão de Champina, você tem direito a muitas coisas, coisas que você provavelmente considera bens naturais. Você frequenta nossa escola. Você usa este café. Você compra doces e biscoitos na loja. Você anda por nossas estradas e caminhos. Esses direitos estão agora revogados."

Por um instante, não entendi o que ela estava dizendo.

"Você quer dizer... que não posso ir à escola?"

"Não pode."

Talvez você imagine que isso não era nada demais, mas era. A única biblioteca de Champina ficava na escola, por exemplo, e se eu não tivesse permissão para pegar livros emprestados, ficaria maluco.

"Você não está brincando?"

"Não."

"Você não vai me deixar andar pelas estradas?"

"Não."

Não dava para andar pela beira da estrada, pelo menos não entre nossa casa e o centro do vilarejo. Havia muros de pedra dos dois lados e atrás deles, jardins particulares. Além disso, se eu ficasse proibido de usar a escola, o café ou a loja, então não teria aonde ir, de todo modo. Eu acabava de receber uma sentença de prisão. Ficaria para sempre preso na minha casa.

"Sinto muito se nossa decisão parece cruel ou injusta", minha mãe disse. "Mas quando se vive num lugar pequeno, existem responsabilidades. O que você escolhe fazer, ou não fazer, tem muito mais efeito do que teria num país maior. Em nossa opinião você

não deve ser autorizado a se servir sem retribuir de alguma maneira."

Meu outro cadarço havia se desamarrado. Amarrei-o.

"Tudo bem", falei. "Estou dentro. Vou jogar. Mas só porque ninguém me deu outra escolha."

Mas eles não ouviram a última parte porque estavam todos aplaudindo.

Eu não precisava treinar. Falei para eles que não ia treinar, e foi a única coisa que deixaram passar. O resto do time se encontrava toda terça no fim da tarde – ao ar livre no campo de futebol durante o verão e no ginásio da escola durante o inverno, porque ficava escuro. Antes, porém, os caras sempre corriam uns dois ou três quilômetros, tanto no verão como no inverno. Costumavam subir o morro correndo até a Suíça. (Nem é possível dar uma corrida dentro do nosso próprio país, porque ele é pequeno demais. A não ser que a pessoa queira ficar dando voltas e mais voltas no campo.) Certo, eu sei que deveria ter participado dos treinos. Eu não chutava uma bola desde que tinha uns três anos e não é que estivesse super em forma. Mas eu não queria ser obrigado a pensar em futebol até o momento de jogar a maldita partida.

Quando você joga num time pela primeira vez, chamam isso de sua "estreia". Bom, fiz minha estreia contra San Marino, como se você já não pudesse ter adivinhado. Champina quase não jogava com mais ninguém. Da última vez que jogáramos contra San Marino tínhamos perdido por 28 x 0, mas a sensação geral era que dessa vez podia ser ainda pior. Ninguém disse que era por minha causa, mas eu percebi muito bem que era o que todos estavam pensando.

Era um jogo em casa, o que queria dizer que nos trocamos nas nossas casas. Os jogadores de San Marino se trocaram nos banheiros do café. Meu pai me deu uma camiseta listrada vermelha e branca e eu encontrei um short branco. Como não tinha chuteira, usei um par de tênis. Depois vesti minha jaqueta jeans e andei até o campo com meu pai.

"Quem sabe você gosta", ele comentou. Eu ri.

"Não precisa assistir", falei. "Vai chover. Por que você não vai pra casa?"

"Todo mundo assiste", ele respondeu. "A cidade inteira. O país inteiro."

"Eu nunca assisti", falei.

"É verdade", ele falou. "Você era o único."

Eu me senti mal com aquilo. Eu me senti mal por não saber que as demais pessoas sempre assistiam aos jogos do time e culpado por nunca ter feito o esforço. Eu não ia perder algum pedaço se de vez em quando fizesse o que todo mundo fazia. Nem mesmo tinha lembrança de mamãe e papai me pedirem para assistir ao jogo, que era outra razão para eu me sentir mal. Eles devem ter achado que não valia a pena tentar.

Quando chegamos ao campo, papai me deu um tapinha nas costas e me desejou sorte, e lá fui eu para o meio do gramado ficar com os meus companheiros de time. Eu era o jogador mais novo e Monsieur Grimandi, um pouco mais novo que meu pai, o mais velho. O único que parecia ser mesmo um jogador de futebol era

Monsieur Blanc, que trabalhava numa academia de ginástica na Itália. Era um homem alto e magro e sabia fazer aquele negócio com a bola em que você fica chutando sem deixar que ela encoste no chão. Ele era o nosso capitão.

"Stefan", ele disse. "Bem-vindo." Apertou minha mão. "Pensamos em deixar você no meio-campo. Aberto na direita."

Não entendi uma só palavra e fiquei olhando para ele de boca aberta.

"Você sabe qual é a sua direita e qual é a sua esquerda, não sabe?"

"Sim, claro."

"Então. Você fica do lado direito do campo. Está vendo o Michel, ali?" Estava apontando para Monsieur Flamini, que é pintor e jardineiro. "Ele é o lateral direito. Fique uns vinte metros à frente dele e tente ajudá-lo se ele precisar de ajuda."

Balancei a cabeça concordando, mas não entendi o que ele estava tentando me dizer. De que tipo de ajuda ele precisaria? Contudo, achei que não era uma boa ideia fazer mais perguntas e, de todo jeito, já estava na hora de começar. Eu sabia que não jogaria bem e sabia que íamos perder, mas mesmo assim estava nervoso.

Tomamos um gol depois de mais ou menos um minuto. Não foi minha culpa, pois tudo aconteceu do outro lado. O sujeito alto que jogava no centro da defesa deles meio que foi indo para a frente com a bola, em seguida passou para outro que estava bem na beirada do campo, perto de onde meu pai e o resto do país estavam. E o tal homem da beirada correu muito veloz com a bola em direção ao nosso gol e Monsieur Grimandi, nosso goleiro, correu na direção dele. Aí o homem da beirada só passou para o lado e outra pessoa, um carinha pequeno que não parecia fazer muita coisa além de marcar gols, chutou a bola num gol vazio.

Uns três minutos depois disso, aconteceu a mesma coisa. Sujeito alto, para o homem da beirada, para o carinha marcador de gols... gol. Depois de novo, e ainda de novo. San Marino marcou treze gols no primeiro tempo da partida, nove deles marcados do mesmo jeito. Dez, se você contar o que eles marcaram de pênalti quando Grimandi derrubou o homem da beirada.

Só toquei na bola uma vez no primeiro tempo. Monsieur Flamini pegou a bola e passou para mim bem devagar, porque sabia que eu não conseguiria fazer nada se ele a chutasse forte. Parei a bola com meu pé direito – bom, quase parei, de todo jeito – e quando vi estava no chão, e todos os pedaços de mim estavam vibrando, como se eu fosse um sino. Minha cabeça doía, minhas costas, as duas pernas, um dos braços... eu sabia que no futebol as pessoas podiam ser impedidas de continuar jogando. Chamam o fato de "cartão vermelho", porque é o que o árbitro mostra quando está bravo com você. Mas achei que talvez um cartão vermelho não fosse suficiente para quem tinha feito aquilo comigo. Me pareceu que aquele homem, fosse quem fosse – eu não o vira chegar nem partir –, talvez pudesse ser proibido para sempre de jogar futebol. Ele provavelmente teria que passar uma semana ou duas na prisão. Quase tive pena dele.

Mas quando me recompus e olhei em volta, ninguém parecia se importar. O árbitro não ia dar um cartão vermelho ao cara, nem mesmo um cartão amarelo. Ele não ia nem dar uma falta em favor do nosso time. Nenhum dos meus colegas de time estava preocupado se eu estava machucado ou não. Todo mundo continuava jogando como se nada tivesse acontecido.

Quando o jogo deu uma parada, perguntei ao Monsieur Flamini, "Você viu aquilo?".

"O quê?"

"O que aconteceu quando você me deu a bola."

"Vi. Você a perdeu. Deu de presente."

"Eu não dei de presente. Alguém veio, me derrubou no chão e tomou ela de mim."

"Isso se chama marcar, Stefan. É melhor ir se acostumando."

Então ser um adulto é isso, pensei. Pode vir alguém e te derrubar na hora que quiser, e ninguém diz nada. Aquilo me fez sentir vontade de ficar mais jovem a cada ano, em vez de mais velho.

No intervalo ficamos no gramado, já que não tinha nenhum outro lugar para ir. Monsieur Blanc nos reuniu em redor dele.

"Bom", ele disse. "É óbvio o que está dando errado. De alguma maneira temos que impedir aquele carinha de ficar fazendo todos os gols. Não estamos marcando ele direito. Ele está com muito espaço."

Não falei nada. Só escutei.

"Eu sei o que nós devemos fazer", ele falou, "Vamos ter que parar de nos preocupar com o lado esquerdo e puxar o Michel para o meio."

Michel Garde era um contador que morava no vilarejo com a mãe. Era ele que deveria parar o homem da beirada, o homem que a todo momento passava a bola para o goleador. Obviamente, ele não estava fazendo o trabalho dele muito bem, mas parecia loucura ficar sem ninguém na esquerda. De repente percebi que, apesar de eu ser o pior jogador do time, o resto não entendia o que estava acontecendo no jogo. Eles realmente não enxergavam. Então, o que eu podia fazer? Era novo no time e inútil na partida, e ninguém iria me ouvir. Mas se ficasse em silêncio tomaríamos ainda mais gols. Se eu ficasse em silêncio, poderíamos perder por cinquenta ou sessenta gols e todo mundo diria que a culpa era minha.

Havia outra coisa que eu tinha percebido. Monsieur Blanc era o capitão e o nosso melhor jogador, mas não fazia nada. Ele estava sempre parado longe demais da ação, com as mãos nos quadris. Eu não entendia aquilo. Ele tinha vinte e seis anos, era alto, completamente em forma, e ficava contente em ver todos os outros fazerem todo o trabalho. Não fazia sentido.

Ele viu que eu estava olhando para ele.

"Pensando em alguma coisa, Stefan?"

"Não exatamente", falei.

"Quer fazer alguma mudança tática?"

Todo mundo riu com a piada dele, e aquilo me incomodou.

"Quero", falei.

O que importava? O pior que podia acontecer era eles não me chamarem mais para jogar. E já que eu não queria mesmo jogar no time idiota deles, o pior que podia acontecer não era tão ruim assim.

"Não é com o carinha que marca todos os gols que a gente devia estar se preocupando", eu disse. "É com o homem da beirada."

"O homem da beirada? Quem é o homem da beirada?"

Olhei para onde os jogadores deles estavam conversando e rindo e ele estava lá. "Ele. Ali. O que está bebendo água no gargalo neste exato momento."

"Por que ele é o homem da beirada?"

"Porque joga na beirada do campo."

"O ala", disse Monsieur Blanc, como se eu fosse idiota. "O que é que tem ele?"

"É ele que dá a bola para o goleador. Sem ele, o goleador não conseguiria fazer nada."

Monsieur Garde concordou com a cabeça.

"O garoto tem razão. Ele passou correndo por mim durante o jogo inteiro, e não consigo pará-lo. Preciso de ajuda."

Monsieur Blanc parecia incomodado. Ele deve ter pensado que eu ia dizer algo ridículo, e em vez disso eu tinha visto uma coisa que ele não tinha.

"Mais alguma ideia, Stefan? Já que você é o *expert*?"

"Não sou nenhum *expert*", falei. "Só observei algumas coisas."

"Ah, então conte para nós que coisas são essas que você notou."

Dei de ombros. "Tudo bem. Não estou querendo parecer insolente, mas... o que você faz? Nesse time?"

"Sou o matador. Quer dizer que tenho que marcar os gols."

"Mas nós nunca vamos marcar um gol", falei. "Nunca temos a posse de bola e nunca estamos do lado certo do campo."

Dessa vez, mais algumas pessoas concordaram, e vi Flamini sorrindo consigo mesmo.

"Mas se você quiser uma coisa para fazer, pode parar o altão."

"Que altão?"

"O altão que joga na defesa. É ele que dá a bola para o homem da beirada. Toda vez. Então se você, não sei, ficar no caminho ou coisa do tipo... pode deixar as coisas mais difíceis pra eles."

Foi estranho. Eu sabia que estava correto. Jogo muito xadrez e às vezes dá para ver certos lances, formas e padrões. E além disso eu desmonto coisas para ver como funcionam. Nunca tinha me ocorrido que fosse possível desmontar o futebol do mesmo jeito. Pensei que as pessoas simplesmente chutassem a bola na direção do gol.

Mas mesmo assim não havia razão para Monsieur Blanc me escutar.

Justamente quando eu já estava a ponto de desistir e dizer a eles que esquecessem tudo aquilo, minha mãe presidente entrou no gramado para nos encorajar.

"Má sorte, rapazes", ela falou. "Vocês estão jogando bem."

Nós todos olhamos para ela como se fosse louca.

"Poderia ser pior, de qualquer maneira."

"Como?"

"Não sei. Poderia estar treze a zero."

"Está treze a zero", falei.

"Ah. Achei que estivesse só doze. Está bem, então poderia estar catorze a zero. As coisas sempre poderiam estar piores do que estão. Algum plano para virar o jogo no segundo tempo?"

"Vamos fazer uma marcação dupla no ala direito", disse Monsieur Blanc. "E eu vou me esforçar mais para bloquear o zagueiro central deles. Cortar o fornecimento."

Demorou um tempo para eu entender que aquelas eram as minhas ideias, porque não entendi as palavras que ele estava usando. Mas quando entendi, olhei para ele para ver quando ele iria dizer que as ideias eram minhas.

"Muito bom", minha mãe falou. "Parece muito sensato." E em seguida saiu andando outra vez.

Tentei capturar o olhar de Blanc, mas ele não olhou para mim.

O segundo tempo foi muito excitante porque ficamos muito, muito tempo sem tomar nenhum gol. Toda vez que o defensor alto recebia a bola, Monsieur Blanc corria para ele e ficava bem na sua frente, e com frequência ele era obrigado a virar e devolver a bola para o goleiro. Então o homem da beirada, o ala, não recebia muito a bola, e, quando recebia, tinha que passar por dois jogadores, não apenas um, e o segundo jogador, o mecânico Zizou, às vezes conseguia tirar a bola dele. E mesmo com San Marino ganhando por 13 x 0, quanto mais tempo passava sem eles fazerem outro gol, mais envergonhados eles ficavam. O defensor alto e o ala até tiveram uma discussão.

E todos nós começamos a correr mais depressa, pular mais alto, entrar com mais convicção. A maioria de nós, pelo menos – eu estava cansado demais para correr e não sei realmente marcar. O público também se animou ao ver que as coisas tinham melhorado tanto. Sabia que não dava para a gente ganhar, sabia que não iríamos nem sequer fazer um gol. Mas quando passamos quinze, depois vinte, até quase trinta minutos do segundo tempo sem deixar o outro time pôr a bola para dentro, deu para perceber que as pessoas estavam orgulhosas de nós. Começaram até a cantar e bater palmas.

Fizemos três erros bestas nos últimos quinze minutos, e deixamos entrar três gols. Mas quando o juiz apitou o fim da partida havia muitos sorrisos no nosso time. Perder um segundo tempo por 3 x 0 era o melhor resultado internacional da história de Champina.

"Imagine só", disse Grimandi. "Se pudéssemos jogar desse jeito no primeiro *e* no segundo tempo..."

"... Perderíamos todo jogo de seis a zero", Flamini riu.

Mas eu sabia o que Grimandi queria dizer. Seis a zero parecia um placar de futebol. Times bons, times dos quais você ouvia falar, perdem de 6 x 0 às vezes. Ninguém nunca perde de 26 x 0, porém.

Ao sairmos do gramado, o público inteiro – meu país inteiro – nos festejou. Aí, meus colegas de time fizeram uma coisa da qual nunca me esquecerei. Eles foram depressa para a lateral do campo, fizeram duas fileiras e bateram palmas enquanto eu passava pelo meio deles. Até Monsieur Blanc estava lá. Meu pai e minha mãe devem ter achado aquilo estranho. Que eles soubessem, eu não fizera nada além de cair uma vez, no primeiro tempo.

Aquela foi a última vez que tive de jogar. No jogo seguinte usaram o filho de dez anos do Grimandi, o Robert, na minha posição, e ele foi melhor do que eu. Me disseram para assistir e dizer para eles o que estavam fazendo de errado – eu virei o técnico. "Você tem inteligência", Grimandi falou. "Nós, não."

Na minha primeira partida como técnico, perdemos por 12 x 0. No fim do jogo, o time deu uma volta olímpica.

LARS FARF, PAI E MARIDO EXCESSIVAMENTE TEMEROSO

GEORGE SAUNDERS

ilustrado por Juliette Borda

Lars Farf nem sempre havia sido excessivamente temeroso. No começo ele era temeroso na medida normal. Só que um dia quando voltou do trabalho no campo encontrou sua casa reduzida a um monte de cinzas fumegantes.

Onde estava sua mulher, onde estavam seus filhos?

Para sorte dele, sua mulher e seus filhos não estavam bem embaixo da pilha de cinzas fumegantes, mas correndo felizes pela estrada, aliviados com a descoberta de que ele não estava bem embaixo da pilha de cinzas fumegantes.

Mas o mal estava feito: ele tinha ficado excessivamente temeroso.

Quando reconstruiu a casa, fez algumas alterações. A nova casa não tinha lareira. Fósforos eram proibidos lá dentro. A casa não tinha fogão, e para cozinhar era preciso ir até uma cabaninha a centenas de metros dali. A família não tinha permissão para entrar na Cabana-cozinha. De hora em hora, um dos empregados tinha que andar ao redor da casa regando as paredes com água de um Balde de Rega Anti-Incêndio especial, só para garantir.

Depois, graças a algumas pesquisas sobre fogo, Farf ficou sabendo que o fogo era provocado pela fricção. Depois disso, toda fricção ficou proibida no interior da casa. Foram adquiridos sapatos macios especiais para deslizar sobre assoalhos macios especiais. Nada podia ser cortado ou arrastado ou mesmo esfregado de leve contra qualquer outra coisa. Estavam proibidos: beijinhos na bochecha, tapinhas nas costas e deslizamento de livros. Se você ficasse com coceira no traseiro, tinha que sair da casa para se coçar. Todas as atividades geradoras de fricção deveriam ser realizadas na Cabana da Fricção, ao lado da Cabana-cozinha, e os membros da família tinham um limite de trinta segundos depois do qual tinham que se apresentar a Farf para ele verificar se não estavam em chamas.

Um dia, ao folhear o jornal, ele leu uma matéria sobre uma grande inundação. Ficou sabendo que uma grande inundação envolvia enormes quantidades repentinas de água. Naquela noite sonhou que sua família estava agradecendo a ele, feliz, pela casa à prova de fogo que ele lhes proporcionara, quando de repente surgiu uma enorme quantidade de água e que, ao ser carregada, sua família gritava seu nome pateticamente.

Na manhã seguinte ele mandou remover todo o encanamento da casa, bem como todas as pias, banheiras, xícaras e esponjas. O cachorro ficou proibido de babar no interior da casa. Todos os choros, suores e bebidas tinham que ocorrer numa terceira cabana, construída entre a Cabana-cozinha e a Cabana da Fricção, chamada Cabana do Molhado.

E mesmo assim ele continuava preocupado. Tomara providências quanto ao fogo e às inundações, é verdade, mas com toda a certeza essas não eram as únicas coisas ruins que poderiam acontecer. Como fazer para impedir que aconteça alguma coisa ruim se ele não tinha noção nem mesmo de quais eram todas as coisas ruins que poderiam acontecer?

Assim sendo, Farf comprou um livro chamado *Tragédia: um compêndio*, e começou a estudá-lo.

A primeira coisa que ele fez foi construir a casa a sete metros do chão, para torná-la cem por cento à prova de inundação. Só que como isso levou a casa até mais perto do céu, que era o lugar de onde vinham os raios, construiu um toldo especial antirraios, e como o toldo antirraios era muito pesado, teve que utilizar vigas grossas especiais para suportá-lo, e para impedir que as vigas grossas especiais que suportavam o toldo caíssem, esmagassem e matassem sua família, construiu equipamentos especiais para amparar vigas, que instalou entre os módulos de previsão de tornados, e para proteger a casa de possíveis bandos de Saqueadores Malvados, contratou uma equipe especial de onze Saqueadores Malvados Reabilitados, e para ficar de olho nos Saqueadores Malvados Reabilitados, no caso de algum deles ter uma recaída na vida de saqueador, contratou uma equipe de vinte e dois Especialistas na Avaliação de Saqueadores, e para impedir a entrada de cobras peçonhentas e/ ou cães raivosos, contratou uma equipe de cavadores de fossos com a missão de construir uma trincheira anticobras e anticães de seis metros de profundidade ao redor da casa, depois instalou um portão desestimulador de ursos do outro lado da ponte à prova de furacões que transpunha a trincheira anticobras/ anticães.

Agora era a vez de a sra. Farf e dos filhos da família Farf se preocuparem. Eles queriam que Farf voltasse a ser o homem que era antes do incêndio, um sujeito rechonchudo e animado, temeroso na medida normal, que os mantinha acordados à noite com suas risadas tonitruantes, risadas essas que os enchiam de uma confiança exasperada enquanto permaneciam deitados em suas camas torcendo para ele se cansar e resolver ir se deitar.

Mas mesmo com todas as inovações, Farf não estava tranquilo. Ficava acordado à noite, correndo entre as cabanas do Fogo, da Fricção e do Molhado, verificando os diversos toldos, vigas, módulos, saqueadores e especialistas na avaliação de saqueadores, atento para que não surgissem cobras geniais e/ ou cães que de alguma forma tivessem encontrado maneira de transpor sua trincheira.

Depois, um belo dia, Farf teve uma revelação. Nada poderia acontecer a sua mulher e a seus filhos se eles fossem encerrados numa Cápsula de Proteção Pessoal que fosse elevada, impenetrável e inesmagável. Com isso contratou uma equipe de carpinteiros para construir cinco Cápsulas de Proteção Pessoal de carvalho maciço munidas de Calhas para a Administração de Alimentos e Válvulas para o Fornecimento de Oxigênio – feitos de cobre – e minúsculos Portais de Observação do Exterior de vidro para que sua família, mesmo estando perfeitamente segura, pudesse vigiar continuamente a área em busca de ameaças potenciais.

Depois que sua mulher e seus filhos foram instalados com toda a segurança no interior das Cápsulas, estas foram erguidas a um nível bem mais elevado que o nível do Urso e/ ou do Lobo, mas suficientemente baixo para que não houvesse morte caso uma das três Cordas de Içagem à Prova de Enguiço arrebentasse e a Cápsula se espatifasse no chão.

Por fim, tudo ficou impecável. Nada de ruim poderia acontecer com sua família, nunca. Claro, nada de bom poderia acontecer com sua família, nunca, também.

Mas para Farf, que finalmente começara a dormir à noite, aquele era um preço que valia a pena pagar.

Pela primeira vez depois do incêndio, a vida era boa.

Isso até a tarde em que Lars Farf encontrou dois de seus Especialistas na Avaliação de Saqueadores jogando damas num momento em que deveriam estar Avaliando seus Saqueadores Reabilitados. De repente passou a não confiar inteiramente em seus Especialistas na Avaliação de Saqueadores. Sendo assim, contratou uma equipe de Observadores de Especialistas na Avaliação de Saqueadores para acompanhar o trabalho dos Especialistas. Depois, por não confiar inteiramente nos Observadores de Especialistas na Avaliação de Saqueadores, contratou uma equipe de monges, todos duvidosamente calvos e silenciosos, contratou uma equipe de gurus levitadores para observar os monges, depois fez todos eles – Saqueadores, Especialistas na Avaliação de Saqueadores, Observadores de Especialistas na Avaliação de Saqueadores, monges e gurus levitadores – usarem grilhões nas pernas e camisas de concreto: assim eles não poderiam fazer movimentos súbitos se de repente decidissem, todos ao mesmo tempo, traí-lo. Além disso, contratou alguns Monitores de Cobras-Cães-Ursos-Lobos para realizar Missões de Averiguação preventivas nos bosques em torno da casa, e contratou uma equipe de optometristas para examinar constantemente os olhos dos Monitores de Cobras-Cães-Ursos-Lobos para que os Monitores vissem absolutamente tudo, e deu ordens para que não apenas cobras, cães, ursos e lobos fossem apreendidos, mas também todo animal que lembrasse vagamente uma cobra, um cão, um urso ou um lobo, inclusive, mas não apenas, gravetos, galhos, pedras e/ ou rochedos que se assemelhassem a cobras/ cães/ ursos/ lobos.

E então, num dia fatídico, ouviu-se um grito vindo da Cápsula de Proteção Pessoal nº 4, que continha Gwen, a filha do meio de Farf. Depois de uma investigação mais acurada, Farf verificou que Gwen havia passado a mão pelo interior de sua

Cápsula de Proteção Pessoal e se ferira com uma farpa. Agora seu dedo estava sangrando, coitadinha. Que tolo ele havia sido! Que espécie de pai descuidado, imprudente, manda fazer uma Cápsula de Proteção Pessoal de carvalho, que, pelo fato de ser madeira, não apenas está propensa a produzir farpas como também teria tudo para de repente estalar em chamas?

Burro, burro, burro, pensou Farf, disparando na direção da cidade para encomendar cinco novas Cápsulas de Proteção Pessoal, agora de metal.

A cidade estava um pesadelo. Entupida de gente, todo mundo pela rua aos encontrões limpando coisas com água carregada em baldes, transpirando tranquilamente ao ar livre. Viu uma criança que devia estar sentindo algum tipo de impulso de morte esfregar dois gravetos um no outro bem ao lado de um velho de aspecto muito ressecado entregue à leitura de um jornal extremamente inflamável.

O que as pessoas estavam pensando?

Será que ninguém tinha amor à vida?

Enquanto isso, na casa da família Farf, os gurus levitadores, com pena dos Farf, haviam libertado todos eles de suas Cápsulas de Proteção Pessoal para que passassem a tarde se arejando. Naquele momento os Farf estavam dando uma festa que evoluía, de acordo com os padrões deles, para uma situação um pouco descontrolada. Bebiam copos e mais copos de água (parte da qual derramavam no chão de propósito), dançavam sem usar os calçados antifricção, coçavam-se ostensivamente mesmo sem sentir coceira nenhuma e, depois que escureceu, foram buscar o Balde de Rega Anti-Incêndio, o encheram de feno, atearam fogo, e se agruparam ao redor dele assando *marshmallows*.

Bem nessa hora, Farf chegou em casa.

Seria difícil expressar a que ponto ele ficou chocado ao ver sua família se comportar com tamanha desconsideração para com a própria segurança.

Mandou todos voltarem correndo para suas Cápsulas de Proteção Pessoal, que, além de terem sido construídas com cintilante metal não fricativo, possuíam Cadeados Reilly muito incrementados, e já não contavam com os Portais de Observação, eliminados porque ao olhar para fora os Farf poderiam ver alguma coisa que os assustasse.

Ainda sobre à eliminação dos Portais de Observação, Farf logo percebeu outra vantagem: não apenas sua família ficava impossibilitada de olhar para o lado de fora, como ele não podia mais olhar para o lado de dentro. Não vendo sua família, ele se lembrava cada vez menos de seu profundo amor por ela e, amando-a menos, ficava um pouco menos preocupado com a possibilidade de que alguma coisa terrível lhe acontecesse.

Foi quando ele descobriu o que mais adiante passaria a ser conhecido como Hipótese Farf.

O Amor, ele descobriu, provoca Medo. Ao Amar alguém, tememos experimentar a Perda daquele alguém. Parando de Amar, o Medo arrefece. Consequentemente, para eliminar o Medo bastava deixar de Amar.

E foi o que Farf resolveu tentar fazer.

Deixou de visitar as Cápsulas de hora em hora para certificar-se verbalmente, através das Válvulas para o Fornecimento de Oxigênio, que tudo estava bem, já que descobrira que o fato de ouvir as vozes de sua esposa e de seus filhos de hora em hora tendia a manter seu Índice Amoroso elevado. Em vez disso, contratou uma Empresa Verificadora para tomar conta da Confirmação Verbal feita de hora em hora e fornecer alimentos e minúsculos dedais de água à família.

Em pouco tempo, porém, Farf descobriu que a mera visão das Cápsulas o levava a se lembrar de sua mulher e de seus filhos, por isso mandou cobrir as Cápsulas com enormes faixas de tecido, só para constatar que a mera visão das faixas de tecido o lembrava das Cápsulas que estavam por baixo, de modo que mandou remover as Cápsulas para um local nos fundos da casa.

Com a família bem protegida no interior das Cápsulas, nos fundos da casa, por baixo das faixas de tecido, Farf sentiu seu Índice Amoroso entrar numa curva descendente.

Não demorou para que dias inteiros transcorressem sem que ele se preocupasse nem uma única vez com a família.

Pela primeira vez desde seu casamento, Farf estava quase inteiramente libertado do Medo.

Até que, certa manhã, o Especialista em Verificação apareceu afobado para dizer que Gwen estava morrendo.

"Quem?", perguntou Farf. "Quem está morrendo?"

"Gwen", disse o Especialista em Verificação. "Cápsula nº 4."

"Não conheço nenhuma Gwen", disse Farf.

Mas o Especialista em Verificação viu que os olhos de Farf estavam cheios de lágrimas.

"Do que essa tal de Gwen está morrendo?", perguntou Farf.

"De tédio, solidão, não tenho bem certeza", disse o Especialista.

A Cápsula nº 4 foi aberta e Gwen removida.

Ao vê-la, o Índice Amoroso de Farf disparou, e ele percebeu com o coração destroçado que meses de trabalho duro haviam acabado de escorrer pelo ralo. E em seguida, como previsto na Hipótese de Farf, ocorreu um pico equivalente em sua Contagem de Medo, relacionado à palidez e à fraqueza apresentadas por Gwen e ao fato de que, mesmo depois de passar vários meses na Cápsula, ela parecia ter ficado feliz ao vê-lo.

"Abram as Cápsulas", ordenou Farf, numa vozinha fraca e comovida. "Abram todas as Cápsulas."

E as Cápsulas foram abertas e os Farf foram retirados das Cápsulas, pálidos e debilitados.

Naquele momento, Farf viu que a Hipótese de Farf era irrefutavelmente verdadeira: o Amor causava Medo. Quanto mais você Amava, mais sentia Medo de Perder aquilo que Amava.

Mas o que fazer? Viver com o Medo? Amar a despeito do Medo? Acordar todas as manhãs sabendo que aquele podia ser o dia em que alguém que você Amava poderia ser Perdido?

Então Farf viu sua própria imagem num de seus Espelhos de Segurança. Parecia um sujeito completamente louco. Seu cabelo estava todo arrepiado e seus olhos eram gélidos, e como havia várias semanas que ninguém lhe dizia para aparar a barba, sua barba comprida lhe chegava ao meio do peito, e como nunca aparecia ninguém para tossir discretamente e indicar, com um movimento dos olhos, sua barba, nela havia migalhas de pão e também um pedaço de caramelo e, meio inexplicavelmente, uma rolha de borracha.

Foi aí que Farf descobriu o Corolário de Farf, que, embora menos elegante que a Hipótese de Farf, era igualmente verdadeiro: "Quem vive sem amor encontra coisas desagradáveis na barba".

Com grande humildade, Farf beijou uma por uma as cabeças dos membros de sua família, pediu à mulher e aos filhos que o perdoassem, depois mandou remover as Cápsulas e as diversas Cabanas, toldos, vigas e módulos, despediu os Saqueadores e Especialistas e Observadores, mandou embora os monges e gurus levitadores e inundou a trincheira anticão e anticobra para que os Farf pudessem, caso o desejassem, nadar.

LARS
FARF

Isso se não houvesse tempestade.

Ou a possibilidade de haver uma tempestade.

E não sem usar coletes salva-vidas com Alarme Antitubarão embutido.

E não sem antes assinar o Registro de Natação, que precisava ser assinado uma segunda vez quando a pessoa acabava de nadar, mesmo que a pessoa só quisesse dar uma saidinha para comer alguma coisa que estivesse sendo preparada na Fogueira ao Ar Livre, de que Farf tomava conta com extrema atenção, sempre com o Balde de Rega Anti-Incêndio na mão, mesmo nas raras ocasiões em que – rápida e cautelosamente – ele próprio ia dar um mergulho.

MONSTRO

KELLY LINK

ilustrado por Shelley Dick

Ninguém, na Cabana 6, estava a fim de passar a noite em barracas. Chovia, ou seja, o cara era obrigado a usar sacos de lixo por cima da mochila e ao redor dos sacos de dormir, e nem assim resolvia. De todo jeito os sacos de dormir ficavam molhados. Por causa disso alguns ficavam com cheiro de xixi, e as barracas já tinham cheiro de mofo, e mesmo que eles as esticassem bem ao montá-las, o tecido que recobria o chão ficava empapado. Seriam três garotos em cada barraca, e só o garoto do meio ficava seco. Os outros dois invariavelmente acabavam comprimidos de encontro à lateral da barraca, e em qualquer lugar do náilon que você encostasse a água de fora escorria para dentro.

Além disso, alguém da Cabana 4 tinha avistado um monstro na floresta. Assim que chegou, a Cabana 4 começou a se gabar contando aquelas histórias. Era uma situação de inferioridade para a Cabana 6. Se a Cabana 6 não visse o monstro, a Cabana 4 continuaria por cima, graças a uma jogada do destino. Se a Cabana 6 visse um monstro – mas quem vai querer ver um monstro, mesmo que vendo um monstro você possa falar para todo mundo que viu um monstro? Ninguém da Cabana 6 queria, só James Lorbick, que achava monstros o máximo. Mas James Lorbick era um cara esquisito e era de Chicago e tinha um distúrbio que fazia seus pés terem um cheiro pavoroso. Esse era outro problema com esse negócio de sair para acampar. Alguém teria que dividir a barraca com James Lorbick e aqueles pés chulepentos.

E mesmo que a Cabana 6 acabasse vendo o monstro, bom, a Cabana 4 tinha visto primeiro, de modo que não haveria nenhuma novidade no fato de ver um monstro depois que a Cabana 4 já tinha ido lá e visto primeiro. E vai ver que a Cabana 4 tinha irritado o tal monstro. Talvez o monstro estivesse só esperando algum outro garoto aparecer no Mirante da Honra, onde todos os pinheiros se inclinavam para trás formando um círculo em torno do cocuruto pelado da montanha de um jeito que fazia você ficar tonto quando se deitava em volta da fogueira à noite e olhava para eles lá em cima.

"Não tinha monstro nenhum", disse Bryan Jones, "e mesmo que tivesse monstro, aposto que ele saiu correndo quando viu a Cabana 4." Todo mundo concordou. O que Bryan Jones estava dizendo fazia sentido. Todo mundo sabia que os garotos da Cabana 4 eram muito malvados, inclusive tinham feito o monitor deles chorar feito uma menina. O monitor da Cabana 4 era um estudante universitário de vinte anos chamado Eric que tinha um problema seriíssimo de acne e que escrevia poemas sobre as garotas que trabalhavam na cozinha e sobre como seus peitos pareciam solitários e ao mesmo tempo belos, como sorvete derretido. Os garotos da Cabana 4 haviam encontrado os poemas e lido os poemas em voz alta na assembleia da manhã na frente de todo mundo, inclusive de algumas das garotas da cozinha.

A Cabana 4 tinha fumigado um taco com *spray* anti-insetos e depois tocado fogo, e quase a cabana inteira se incendeia.

E havia coisas piores em relação à Cabana 4.

Todo mundo dizia que os garotos da Cabana 4 eram tão malvados que seus pais os mandavam para o acampamento só para ficar algumas semanas sem precisar olhar para eles.

"Me disseram que o monstro tinha asas negras bem grandes", disse Colin Simpson. "Como um vampiro. Que voava batendo as asas e que tinha umas unhas compridas."

"Ouvi dizer que tinha um monte de dentes."

"Ouvi dizer que ele mordeu o Barnhard."

"Ouvi dizer ele tinha um gosto tão ruim que o monstro vomitou depois que mordeu o Barnhard."

"Ontem à noite no jantar eu vi o Barnhard", disse o irmão gêmeo de Colin Simpson. Na verdade, talvez tenha sido o Colin Simpson que disse isso e o garoto que estava falando daquele negócio de bater asas e de unhas fosse o outro gêmeo. Todo mundo achava difícil saber qual era um e qual era o outro. "Ele estava com um curativo na parte de dentro do braço. Estava com um ar meio estranho. Meio pálido."

"Pessoal", disse o monitor deles. "Ei, pessoal. Chega de conversa. Vamos arrumar as coisas e tocar o barco." O monitor da Cabana 6 se chamava Terence, e era supergente fina. Todas as garotas da cozinha gostavam de ficar dando um tempo ali por perto da Cabana 6 para conversar com o Terence, sem se preocupar com o fato de que ele já estava saindo com uma garota de Ohio que tinha um metro e oitenta e seis e era jogadora de basquete. Às vezes, antes de apagar as luzes, Terence lia para eles umas cartas escritas pela garota de Ohio. Ao lado da cama de armar de Terence havia uma foto da tal garota em cima de um elefante na Tailândia. O nome da garota era Darlene. Ninguém sabia o nome do elefante.

"A gente não pode passar o dia aqui enrolando", disse Terence. "Quero ação. Ação."

Todo mundo começou a reclamar.

"Eu sei que está chovendo", disse Terence. "Mas a gente só tem mais três dias de acampamento e se quisermos ganhar algum distintivo de noite na barraca, esta é a nossa última oportunidade. Além disso, pode ser que pare de chover. E eu sei que vocês não estão nem aí, mas todo mundo da Cabana 4 vai dizer que vocês ficaram com medo e que foi por isso que não quiseram ir. E não quero que todo mundo fique achando que a Cabana 6 está com medo de uma história idiota contada pela Cabana 4 sobre um monstro idiota."

Não parou de chover. O que a Cabana 6 fez não foi exatamente andar, mas chapinhar. Respingar. Deslizar encosta abaixo. A chuva estava caindo aos borbotões, fria, grudenta. Um dos gêmeos

Simpson enfiou o pé num pedaço alagado da trilha e a lama chegou até seu joelho e arrancou seu tênis com o maior barulho de desentupidor de pia. Todo mundo foi obrigado a parar enquanto o Terence se deitava de barriga na lama e enfiava o braço na poça para recuperar o tênis do gêmeo Simpson.

Bryan Jones ficou ao lado de Terence e abriu a camiseta e esticou bem a camiseta para impedir que a chuva entrasse no ouvido de Terence. Bryan Jones era da Carolina do Norte. Era um garoto forte, alto, de rosto simpático, que gostava de desenhar revólveres e pistolas de pressão e pistolas de raio *laser* e de abaixar as calças e mostrar a bunda para as pessoas e de derramar molho de pimenta nas escovas de dentes.

Às vezes ele se sentava em cima da cabeça de James Lorbick e peidava, mas todo mundo menos James Lorbick sabia que Bryan só estava querendo ser engraçado. O ódio que James Lorbick sentia por Bryan chegava a ser maior que o ódio que ele sentia pelos garotos da Cabana 4. Às vezes James fazia de conta que os pais de Bryan Jones tinham morrido em algum acidente horrível enquanto a gente ainda estava no acampamento e que ninguém sabia o que dizer ao Bryan, de modo que ninguém chegava perto dele até James chegar para o Bryan e dizer exatamente a coisa certa, fazendo Bryan se sentir melhor, mesmo que, é claro, ele não estivesse se sentindo melhor, mas achasse bacana o que James dissera a ele, fosse o que fosse que James tinha dito. E claro que nessa hora Bryan se arrependia de ter sentado todas aquelas vezes na cabeça do James. E aí os dois ficavam amigos. Todo mundo queria ser amigo do Bryan Jones, até o James Lorbick.

A primeira coisa que Terence puxou de dentro da lama não foi o tênis do gêmeo Simpson. Foi uma coisa comprida e roliça e com calombos. Quando Terence bateu o negócio no chão, parte da lama desgrudou.

"Ei. Uau", disse James Lorbick. "Isso aí parece um osso."

Todo mundo ficou ali na chuva olhando para o osso.

"O que é isso?"

"É um osso humano?"

"Vai ver que é de dinossauro", disse James Lorbick. "Tipo um fóssil."

"Acho que é um osso de vaca", falou Terence. Ele enfiou o osso de volta na lama e remexeu o osso para todos os lados até ele ficar preso em alguma coisa que no fim era o tênis perdido. O gêmeo Simpson pegou o tênis com cara de quem não estava mais querendo de volta. Virou o tênis de cabeça para baixo e a lama escorreu como sorvete em espiral, derretido e solitário.

Metade do corpo do Terence estava coberta de lama, embora pelo menos, graças a Bryan Jones, não tivesse entrado água no ouvido dele. Ele segurou o provável osso como se tivesse a intenção de lançá-lo no meio do matagal, mas depois mudou de ideia e olhou novamente para ele. Em vez de jogá-lo fora, guardou-o no bolso da jaqueta impermeável. Uma boa parte ficou para fora. Aquilo não levava jeito de osso de vaca.

Quando eles chegaram ao Mirante da Honra, tinha parado de chover. "Estão vendo?", disse Terence. "Não falei?" Ele disse isso como se agora estivessem na maior. Como se agora tudo fosse perfeito. Os pingos de água caíam dos galhos dos coitados dos pinheiros eternamente inclinados na direção oposta à do acampamento no Mirante da Honra.

A Cabana 6 recolheu lenha molhada em excesso para fazer uma fogueira. Todos retiraram das mochilas as barracas e os paus de barraca e os grampos de barraca que afundavam na lama sugadora e desapareciam para sempre. Os fundos de barraca foram estendidos sobre a lama sugadora, trêmula, quase viva, e por cima foram montadas as barracas. Era como armar uma barraca em cima de um pudim de chocolate. O chão afundava até abaixo do nível da lama quando eles engatinhavam lá para dentro. Difícil imaginar uma noite naquelas barracas. E se o negócio continuasse afundando?

"Ei", chamou Bryan Jones, "atenção! Batalha de bolas de neve!" E arremessou uma bola de lama marrom que atingiu James Lorbick logo abaixo do queixo e respingou nos óculos de James. Aí todo mundo começou a atirar bolas de lama, até Terence. James Lorbick chegou a atirar uma. Não havia mais nada para fazer.

Quando ficaram com fome, comeram cachorros-quentes frios de almoço enquanto a lama secava e estalava e se soltava dos braços e pernas e rostos deles. Comeram bolachas com *marshmallow* e quadradinhos de chocolate, e Terence chegou a assar os *marshmallows* com um isqueiro para os que quisessem. Já que não era possível fazer uma fogueira, fizeram esculturas de lama. Terence esculpiu um elefante com uma garota em cima. O elefante até que tinha cara de elefante. Mas depois um dos gêmeos Simpson esculpiu uma bomba atômica e jogou a bomba no elefante de Terence e na namorada de Terence.

"Está bem", disse Terence. "Bacana." Mas ele não estava achando bacana. Foi se sentar numa pedra enlameada e ficou olhando para o osso.

Os gêmeos haviam feito um verdadeiro estoque de bombas atômicas de lama. Resolveram construir uma cidade inteirinha, com paredes e edifícios e o lance todo. Alguns dos outros garotos da Cabana 6 ajudaram a construir a cidade para que os gêmeos pudessem bombardear tudo antes de escurecer.

Bryan Jones tinha passado lama no cabelo e feito um penteado de espetos enlameados. Tinha lama nas sobrancelhas. Estava com cara de idiota, mas não tinha importância, porque ele era o Bryan Jones e tudo que Bryan Jones fizesse não era bobagem. Era bacana. "Ei cara", disse ele a James. "Vem ver o que eu roubei do varal do acampamento."

James Lorbick estava enlameado e cansado e talvez seus pés cheirassem mesmo mal, mas ele era mais inteligente que a maioria dos garotos da Cabana 6. "Pra quê?", perguntou.

"Venha ver", respondeu Bryan. "Mas por enquanto não quero que mais ninguém veja."

"Está bem", disse James.

Era um vestido. Um vestido com grandes flores azuis, e James Lorbick teve um mau pressentimento.

"Pra que você roubou um vestido?", perguntou.

Bryan deu de ombros. Estava sorrindo, como se a mera ideia de um vestido o deixasse feliz. Era um sorriso amplo, alegre, contagioso, mas James Lorbick não sorriu para ele. "Porque vai ser engraçado", disse Bryan. "Veste que depois a gente mostra para todo mundo."

"De jeito nenhum", disse James, e cruzou os braços enlameados sobre o peito enlameado para mostrar que estava falando sério.

"Desafio você", disse Bryan. "Vamos lá, James, antes de todo mundo vir para cá e acabar com a surpresa. Todo mundo vai rir."

"Eu sei", disse James. "Não visto."

"Olhe, eu vestiria, juro, só que não me serve. Não serve de jeito nenhum. Por isso é com você, James. Veste!"

"Não", disse James.

James Lorbick não sabia muito bem por que seus pais o haviam mandado para um acampamento na Carolina do Norte. Ele não queria ir. Não era que não houvesse árvores em Chicago. Não era que James não tivesse amigos em Chicago. Aparentemente, acampamento era uma dessas coisas que os pais podem obrigar os filhos a fazer, como aulas de violino ou caratê, com a diferença de que acampamento durava um mês inteiro. E ainda por cima havia a expectativa de que ele ficasse agradecido com a coisa, como se seus pais tivessem feito um grande favor a ele. Acampamentos custam dinheiro.

Assim, ele fez carteiras de couro em trabalhos manuais e foi nadar dia sim dia não, embora aquele lago tivesse um cheiro esquisito e o instrutor de natação fosse meio estranho e gostasse de mandar os garotos do acampamento ficarem no trampolim mais alto de olhos fechados para depois subir sorrateiramente e empurrá-los para dentro da água. Não que você não soubesse que ele estava subindo sorrateiramente. Dava para perceber o trampolim balançando.

Ele não fazia amigos. O que não era cem por cento verdadeiro. Ele era amistoso, mas nenhum garoto da Cabana 6 era amistoso com ele. Às vezes, logo depois do Terence apagar as luzes, alguém dizia: "James, ô James, hoje você estava com um penteado sensacional", ou "James, James Lorbick, eu gostaria de ser tão bom quanto você em tiro com arco", ou "James, amanhã você me empresta seu cantil de água?", e aí todo mundo ria enquanto James fazia de conta que estava dormindo, até Terence acender as luzes e dizer: "Deixem o James em paz... vão dormir, porque senão desconto cinco pontos de todo mundo".

James Lorbick sabia que podia ter sido pior. Ele poderia ter ido parar na Cabana 4, e não na Cabana 6.

Pelo menos o vestido não estava enlameado. Bryan deixou que ele ficasse com o *jeans* e a camiseta por baixo. "Espera aí que vou arrumar seu cabelo", disse Bryan. Ele pegou um punhado de lama e espalhou sobre a cabeça de James até James ficar com o cabelo todo espetado como o de Bryan.

"Vamos lá", disse Bryan.

"Por que eu tenho que fazer isso?", perguntou James. Abria um pouco os braços para não precisar tocar no vestido. Estava ridículo. Sentia-se pior que ridículo. Sentia-se grotesco. Sentia-se tão grotesco que nem se importava mais com o fato de estar usando vestido.

"Você não foi obrigado a fazer isso", disse Bryan. Ele falava como se achasse que aquilo fosse a coisa mais divertida do mundo, e de fato era. "Eu não te obriguei, James."

Um dos gêmeos Simpson estava correndo ali perto, jogando bombas atômicas nas barracas meio tombadas e amarfanhadas. Ao ver Bryan e James, derrapou na frente deles. "Por que você está de vestido?", perguntou o gêmeo Simpson. "Ei, o James está de vestido!"

Bryan deu um empurrão em James. Não com força, mas deixou a marca da sua mão enlameada no vestido. "Vamos", disse. "Faça de conta que é um zumbi. Como se você fosse uma garota da cozinha zumbi que voltou para comer os cérebros de todo mundo da Cabana 6, porque ainda está furiosa por causa daquela vez que fizemos uma guerra de arroz doce com a Cabana 4 na entrada do refeitório. Como se você tivesse se erguido da lama. Eu também vou ser zumbi. Vamos correr atrás dos caras."

"Está bem", disse James Lorbick. A sensação péssima passou com a ideia de ser um zumbi, e de repente o vestido florido ficou parecendo mágico. O vestido lhe dava a força de um zumbi, só que mais rápido. Ele e Bryan avançaram cambaleando na direção dos outros garotos da Cabana 6, de braços estendidos. Os garotos diziam coisas como "Ei, olha ali o James! O James está de VESTIDO!", como se estivessem fazendo troça dele, mas aí eles entenderam a brincadeira. Perceberam que James e Bryan eram zumbis e fugiram correndo. Até o Terence.

Depois de algum tempo, todo mundo virou zumbi. Depois foram nadar. Todos, fora James Lorbick, porque quando ele começou a tirar o vestido, Bryan Jones não deixou. Brian disse: "Não, espere. Não tire. Desafio você a ficar de vestido até a gente voltar para o acampamento, amanhã. Desafio. A gente aparece no café da manhã e diz que viu um monstro e que o monstro está nos perseguindo, e aí você entra no refeitório e vai ser o máximo. Você está completamente apavorante com o vestido e toda essa lama".

"Meu saco de dormir vai ficar todo enlameado", disse James. "Não quero dormir de vestido. É ridículo."

Todo mundo no lago começou a gritar coisas.

"Poxa, James, fica de vestido, por favor!"

"Fica de vestido! Fica, James!"

"Eu desafio você a ficar de vestido", repetiu Bryan.

"Eu que desafio você", respondeu James.

"O quê?", estranhou Bryan. Você me desafia a fazer o quê?"

James parou um pouco. Não conseguiu pensar em nada. "Sei lá."

Terence estava boiando de costas. Ergueu a cabeça. "Diga a ele, James. Não deixe o Bryan convencer você a fazer coisas que você não quer fazer."

"Poxa", disse Bryan. "Vai ser tão legal. Poxa."

E assim todo mundo da Cabana 6 foi nadar, menos James Lorbick. Os garotos esparramaram água e tiraram toda a lama e saíram do lago e James Lorbick era o único garoto da Cabana 6 que continuava coberto de crostas de lama. James Lorbick era o único que ainda estava com o cabelo enlameado e espetado. James Lorbick era o único de vestido.

O Sol estava se pondo. Os garotos se sentaram no chão em volta da fogueira que não queria pegar. Comeram o resto dos cachorros-quentes e dos sanduíches de manteiga de amendoim que as garotas da cozinha sempre preparavam quando os garotos das cabanas saíam para dormir nas barracas. Ficaram falando que seria muito legal quando eles voltassem de manhã e James Lorbick entrasse correndo no refeitório do acampamento fingindo que era um monstro.

Escureceu mais um pouco. Falaram do monstro.

"Pode ser que ele seja um lobisomem."

"Ou um lobisgambá."

"Pode ser que ele seja um extraterrestre."

"Pode ser que ele só esteja muito sozinho", disse James Lorbick. James estava sentado entre Bryan Jones e um dos gêmeos Simpson sentindo-se realmente bem, como se finalmente tivesse começado a fazer parte da Cabana 6, e também com um pouco de coceira, por causa da lama.

"Então como é possível que ninguém tenha visto ele antes?"

"Vai ver que algumas pessoas viram, só que morreram e por isso não puderam contar pra ninguém."

"Nada disso. Não iam deixar a gente acampar aqui se alguém tivesse morrido."

"Vai ver que o pessoal do acampamento não quer que ninguém fique sabendo do monstro, por isso não dizem nada."

"Você que é paranoico. O monstro não fez nada com a Cabana 4. Além disso, a Cabana 4 é um bando de mentirosos."

"Espera um pouco, vocês estão ouvindo isso?"

Ficaram em silêncio, escutando. Bryan Jones soltou um peido. Um peido pavoroso, estridente.

"Pô, cara. Que coisa nojenta, Bryan."

"O quê? Não fui eu."

"Se o monstro chegar, a gente vira o Bryan na direção dele e dispara."

"Ei, o que é isso?"

Parecia uma campainha tocando. "Calma aí", disse Terence. "É meu celular. Aqui não chega o sinal, de jeito nenhum. Alô? Oi, Darlene. Beleza?" Terence acendeu a lanterna e iluminou o pessoal da Cabana 6. "Pessoal. Preciso ir até lá embaixo um pouquinho. Ela está chateada com alguma coisa. Não sei, uma história com um carro e um chihuahua."

"Tudo bem."

"Tomem cuidado. Não deixem o monstro chegar sorrateiro e pegar vocês."

"Diz pra Darlene que ela é boa demais pra você."

Ficaram olhando Terence descer, escolhendo onde apoiar os pés na trilha enlameada, dentro de um pequeno círculo de luz.

A luz foi ficando cada vez mais fraca, cada vez mais distante, até que eles não conseguiram mais enxergar nada.

"E se não for a Darlene?", disse um garoto chamado Timothy Ferber.

"O quê?"

"E se for o monstro?"

"De jeito nenhum. Que burrice. Como é que o monstro ia saber o número do celular do Terence?"

"Sobrou algum *marshmallow*?"

"Não. Só tem bolacha."

Comeram as bolachas. Terence não voltava. Não conseguiam nem ouvir a voz dele. Começaram a contar histórias de fantasmas.

"E ela abaixa a mão e o cachorro dela lambe a mão dela e ela acha que está tudo em ordem. Só que aí, de manhã, quando ela vai olhar na banheira, o cachorro dela está lá e está morto e tem um monte de sangue e alguém escreveu 'HA HA EU ENGANEI VOCÊ DIREITINHO' com o sangue."

"Uma vez minha irmã estava cuidando de um bebê e um cara bizarro telefonou querendo saber se o Diabo estava em casa e ela ficou completamente apavorada."

"Uma vez meu avô estava num trem e viu uma mulher nua em pé no meio de um campo."

"Ela era um fantasma?"

"Não sei. Meu avô gostava muito de contar essa história."

"Tinha vacas nesse campo?"

"Sei lá, como é que eu vou saber se tinha alguma vaca naquele lugar?"

"Você acha que o Terence vai demorar?"

"Por quê? Está com medo?"

"Que horas são?"

"Não são nem dez e meia. Quem sabe agora a gente consegue acender a fogueira?"

"A lenha ainda está muito molhada, não vai pegar. Além disso, se por acaso o monstro existisse mesmo e estivesse lá adiante e a gente conseguisse acender a fogueira, o monstro poderia ver a gente."

"De todo jeito, o *marshmallow* acabou."

"Espera aí, acho que sei como acender a fogueira. Do jeito que a Cabana 4 fez com o taco. Se eu jogar bastante inseticida e depois..."

A Cabana 6 caiu num silêncio reverente.

"Uau, que ideia incrível, Bryan. Devia ter uma medalha de honra ao mérito especial para acendedores de fogueira com lenha molhada."

"É, pra combinar com a medalha por peidos tóxicos."

"Que cheiro gozado", disse James Lorbick. Mas era legal ter uma fogueira acesa. Ela fazia a escuridão ficar menos escura. Que, evidentemente, é o que se supõe que as fogueiras façam.

"Assim iluminado pela fogueira você fica realmente estranho, James. Esse vestido, toda essa lama. Meio engraçado e meio aterrorizante."

"Obrigado."

"É, James Lorbick deveria andar sempre de vestido. Ele é tão picante."

"James Lorbick, acho você muito picante."

"Deixem o James em paz", disse Bryan Jones.

"No ano passado tive um sonho muito estranho", disse Danny Anderson. Danny Anderson era de Terre Haute, Indiana. Era o garoto mais alto da Cabana 6, fora o Terence. "Sonhei que naquele dia eu tinha ido para casa depois da escola e não havia ninguém lá, só um homem. O homem estava sentado na sala assistindo televisão, aí eu disse: 'Quem é você? O que está fazendo aqui?'. E ele olhou pra mim e sorriu de um jeito que me deu medo e disse: 'Oi, Danny, eu sou a Angelina Jolie. Sou seu novo pai'."

"Como assim? Você sonhou que seu pai era a Angelina Jolie?"

"Não", disse Danny Anderson. "Cala a boca. Meus pais não são divorciados nem nada. Meu pai e eu temos o mesmo nome. Aquele cara disse que era meu novo pai. Disse que era a Angelina Jolie. Mas era só um cara, sei lá."

"Sonho idiota."

"É, eu sei", disse Danny Anderson. "Mas volta e meia eu sonho isso de novo. Aquele cara está sempre enfiado na cozinha lá de casa me falando sobre as coisas que nós dois vamos fazer, agora que sou filho dele. É horrível, na real. E a verdade é que eu acabo de receber um telefonema da minha mãe dizendo que ela e meu pai vão se divorciar, e eu fico achando que vai ver que ela arrumou outro namorado."

"Pô, cara. Que barra."

Danny Anderson estava com jeito de quem ia começar a chorar. Disse: "E se eu descobrir que o namorado de minha mãe é o tal do meu novo pai? Como no sonho?".

"Meu padrasto é superlegal. Às vezes eu me entendo melhor com ele que com minha mãe."

"Uma vez eu sonhei que o James Lorbick estava de vestido."

"Que barulho é esse?"

"Não ouvi nada."

"Faz muito tempo que o Terence desceu."

"Vai ver que ele voltou para o acampamento. Vai ver que abandonou a gente aqui."

"A fogueira está com um cheiro péssimo."

"Está fedendo."

"Esse negócio anti-inseto é venenoso?"

"Lógico que não. Se fosse, seria proibido vender. Porque você espalha na pele. Não iam deixar você pôr veneno na pele."

"Ei, olha lá. Acho que vi uma estrela cadente."

"Vai ver que era uma nave espacial."

Todos olharam para o céu. O céu estava negro e limpo e lotado de estrelas cintilantes. Ficou assim por um momento e depois eles perceberam como as nuvens passavam correndo sobre o fundo negro, espalhando-se pelo céu. As estrelas desapareceram. Talvez, se eles não tivessem olhado, o céu permanecesse limpo. Mas eles tinham olhado. A neve começou a cair, primeiro esparsa, depois formando uma espécie de poeira sobre a terra enlameada e a fogueira e a Cabana 6, depois engrossando bastante. Caía silenciosamente, em grande quantidade. Amanhã seria 10 de julho, penúltimo dia no acampamento, dia em que James Lorbick usando vestido e coberto de lama apareceria no refeitório para deixar todo mundo apavorado.

Aquela neve era a coisa mais pavorosa que já acontecera com a Cabana 6.

Um dos gêmeos Simpson disse: "Ei, está nevando!".

Bryan Jones começou a rir. "Que incrível!", ele disse. "Que incrível!"

James Lorbick olhou para o céu, que um minuto antes estava tão claro. Grandes flocos de neve caíram em seu rosto erguido. Ele abraçou o próprio corpo com seus braços cobertos de lama quebradiça. "Até que é bonito", disse.

"Terence! Ei, Terence! Está nevando!"

"Ninguém vai acreditar."

"Talvez fosse melhor a gente ir pra dentro dos nossos sacos de dormir."

"Vamos construir um forte de neve?"

"Não, sério. E se esfriar pra valer e a gente ficar congelado e morrer? Eu só trouxe meu moletom de capuz."

"Que nada. A neve logo derrete. Estamos no verão. Isso é só algum tipo de esquisitice climática. A gente devia tirar uma foto pra mostrar pros outros."

Até aquele momento eles só tinham fotografado lama: pessoas fingindo que eram zumbis cobertos de lama, James Lorbick fingindo que era um monstro de cabelos de lama usando vestido. Terence tirara uma foto do osso que não era de vaca. Um dos gêmeos Simpson enfiara uns dez *marshmallows* na boca e alguém fotografara. Alguém tinha tirado uma foto digital do enorme traseiro nu de Bryan Jones.

"Por que será que ninguém da Cabana 4 tirou uma foto do monstro?"

"Eles tiraram. Só que não dava para ver nada."

"Tudo bem, mas neve é mais legal."

"Não acho. Monstro é muito melhor."

"Estou achando estranho o Terence não ter voltado até agora."

"Ei, Terence! Terence!"

Todos eles passaram alguns minutos chamando o Terence. A neve continuava caindo. Todos dançaram um pouco na neve para se aquecer. A fogueira foi minguando, minguando e começou a apagar. Mas antes que o fogo morresse, o monstro apareceu na trilha enlameada e coberta de neve. Sorriu para eles e avançou pela trilha e Danny Anderson apontou sua lanterna para ele e todo mundo pôde ver que era um monstro e não Terence fingindo que era um monstro. Nenhum dos garotos da Cabana 6 tinha visto um monstro antes, mas todos sabiam que um monstro era aquilo mesmo. O rosto era branco e as mãos eram vermelhas e pingavam. Ele se movia muito depressa.

Num acampamento você aprende muita coisa. Aprende a balançar uma flecha para ela se soltar do alvo de palha sem que a ponta de metal se desprenda. Aprende a fazer um aviãozinho com barbante e gravetos, já que há um monte de barbante e de gravetos sobrando no mundo e alguém tinha que inventar alguma coisa para aproveitá-los. Aprende a enfiar os pés no estrado do beliche acima de você quando alguém está com o corpo meio para fora do beliche, para derrubar a pessoa da cama. Aprende que se você está sobre o lombo de um cavalo e o cavalo vê uma cobra na trilha, o cavalo empina. Cavalos não gostam de cobras. Descobre que raquetes de tênis são boas para caçar morcegos. Descobre o que acontece se deixar a roupa molhada na mala durante alguns dias. Aprende a construir foguetes e aprende a fingir que não se incomoda quando alguém pega seu foguete e o arrebenta com os pés. Aprende a fingir que está dormindo quando as pessoas fazem troça de você. Aprende a ser um sujeito sozinho.

A neve caía e o pessoal corria pra lá e pra cá no Mirante da Honra gritando e sacudindo os braços e tropeçando, com o monstro correndo atrás. Ele era tão rápido que às vezes dava a impressão de voar. Soltava risadas como se aquilo fosse uma brincadeira excelente e divertida. A neve continuava a cair e estava escuro, por isso era difícil enxergar o que o monstro fazia quando agarrava as pessoas. James Lorbick estava sentado, imóvel. Fingia que estava dormindo, ou então que tinha se desmaterializado. Imaginava que estava escrevendo uma carta para seu melhor amigo em Chicago, que não saíra da cidade e passara o verão jogando videogame e visitando a biblioteca e escrevendo e ilustrando sua própria história em quadrinhos. "Oi, Alec, como vai? O acampamento já está quase chegando ao fim e eu estou muito feliz. Este verão foi o pior da minha vida. Fomos fazer uma excursão e começou a chover e meu monitor encontrou um osso. Um garoto me obrigou a usar vestido. Apareceu um monstro que comeu todo mundo. Como vai sua história em quadrinhos? Você colocou aquela parte que eu escrevi, sobre o super-herói que consegue voar quando está dormindo?"

O monstro estava com um gêmeo Simpson debaixo de cada braço. Os gêmeos berravam. O monstro jogou os dois longe, trilha abaixo. Depois se debruçou sobre o Bryan Jones, que estava com uma metade do corpo enfiada numa das barracas e a outra metade na neve. Deu para ouvir uns barulhos de coisas sendo engolidas. Um minuto depois, o monstro se levantou. Olhou para trás e viu James Lorbick e acenou para ele.

James Lorbick fechou os olhos. Quando voltou a abri-los, o monstro estava em cima dele. Seus olhos eram vermelhos. Tinha cheiro de peixe podre e querosene. Na verdade não era tão alto, do jeito que você imagina que um monstro é alto. Fora isso, era bem pior que o que a Cabana 4 tinha falado.

O monstro estava em cima dele olhando para ele e rindo. "Você", falou. Sua voz parecia uma árvore morta cheia de abelhas: era doce, pingava e zumbia. Ele cutucou o ombro de James com uma unha preta comprida. "O que você é?"

"Sou James Lorbick", respondeu James. "De Chicago."

O monstro riu. Seus dentes eram pontudos e terríveis. Havia uma mancha vermelha no vestido, no lugar onde ele havia cutucado James. "Você é a coisa mais doida que eu já vi. Olha só esse vestido. Olha só esse cabelo. Está todo arrepiado. Isso é lama? Por que você está coberto de lama?"

"É que eu ia ser monstro", falou James. "Sem ofensa."

"Ofensa nenhuma", disse o monstro. "Uau, acho que eu devia fazer uma visita a Chicago. Nunca vi nada mais engraçado que você. Eu podia passar horas e horas olhando para você. Sempre que quisesse dar uma risada. Ganhei meu dia com você, James Lorbick."

A neve continuava caindo. James tremia inteiro. Seus dentes chocalhavam, fazendo tanto barulho que ele achou que talvez se quebrassem. "O que você está fazendo aqui?", perguntou. "Onde está o Terence? Você fez alguma coisa com ele?"

"Quem, o cara que estava lá embaixo falando num celular?"

"É", disse James. "Ele está bem?"

"Ele estava falando com uma garota chamada Darlene", contou o monstro. "Tentei falar com ela, mas ela começou a gritar e meus ouvidos doeram e desliguei. Por acaso você sabe onde ela mora?"

"Em algum lugar de Ohio", disse James.

"Obrigado", disse o monstro, puxando uma cadernetinha preta e anotando alguma coisa.

"O que você é?", perguntou James. "Quem é você?"

"Sou Angelina Jolie", disse o monstro – e piscou o olho.

O coração de James quase parou de bater. "É mesmo?", disse ele. "Como no sonho do Danny Anderson?"

“Não”, disse o monstro. “Brincadeira.”

“Ah”, disse James. Os dois ficaram sentados em silêncio. O monstro utilizou uma unha comprida para desprender alguma coisa do meio dos dentes. Soltou um arroto fedorento, repulsivo. James pensou em Bryan. Bryan provavelmente teria arrotado de volta, caso ainda possuísse uma cabeça.

“Você é o monstro que a Cabana 4 viu?”, perguntou James.

“Aqueles garotos que passaram por aqui há alguns dias?”

“É, aqueles”, disse James.

“A gente deu uma curtida”, disse o monstro. “Eles eram seus amigos?”

“Não”, disse James. “Aqueles garotos são uns completos idiotas. Ninguém gosta deles.”

“Que coisa desagradável”, disse o monstro. Mesmo sem arrotar, ele fedia mais que qualquer coisa que James já tivesse cheirado antes. Peixe e querosene e melado podre vinham em ondas para cima dele. James fazia força para não respirar.

O monstro disse: "Sinto muito pelos outros garotos da sua cabana. Seus amigos. Seus amigos que obrigaram você a usar vestido. E você está mesmo imundo".

"Por que você não comeu os caras da Cabana 4?", perguntou James. Estava com o estômago embrulhado. Quando olhava para o monstro, sentia enjoo; quando olhava para o outro lado, via Danny Anderson caído de rosto para baixo debaixo de um pinheiro, com as costas cobertas de neve, quando olhava para algum outro lugar, via as pernas de Bryan Jones esticadas para fora da barraca. Lá dentro estava a cabeça de Bryan Jones. Um dos tênis de Bryan tinha saído de seu pé, e isso lembrou James da caminhada da vinda, de Terence estendido na lama para pescar o tênis do gêmeo Simpson. "Por que você não comeu os caras? Eles são malvados. Fazem coisas terríveis e ninguém gosta deles."

"Uau", respondeu o monstro. "Eu não sabia de nada disso. Se soubesse, talvez tivesse comido todos eles. Só que em geral eu não posso ficar me preocupando com esse tipo de coisa."

"Talvez você devesse se preocupar com isso", disse James. "Na minha opinião, você deveria se preocupar com isso."

O monstro coçou a cabeça. "Você acha? Ainda há pouco vi vocês comerem cachorro-quente. Quer dizer que vocês se preocupam em saber se os cachorros que vocês estão comendo eram bons ou maus cachorros? Vocês só comem cachorros maus?"

"Cachorro-quente não é feito com cachorro", explicou James. "Gente não come cachorro."

"Está aí uma coisa que eu não sabia", disse o monstro. "Mas, olhe, se eu me preocupasse com esse tipo de coisa, independentemente de a pessoa que eu estivesse comendo ser um cara legal ou um lixo, eu nunca comeria ninguém. E olhe que fico com fome muitas vezes. Assim, bem sinceramente, não dou a mínima para isso. A única coisa que eu percebo mesmo é se a pessoa que estou perseguindo é grande ou pequena, rápida ou lenta. E se tem senso de humor. Isso é importante, sabe. Senso de humor. É preciso rir das coisas. No outro dia, quando encontrei o pessoal da Cabana 4, eu estava só curtindo. Só me divertindo. A Cabana 4 comentou que vocês iam aparecer. Eu estava brincando com eles, explicando que ia comer todos eles, e eles falaram que eu devia era comer vocês, não eles. Disseram que seria muito mais divertido. Eu tenho bastante senso de humor. Gosto de uma boa piada."

O monstro estendeu a mão e tocou a cabeça de James Lorbick.

"Não faça isso!", disse James.

"Desculpe", disse o monstro. "Eu só queria ver qual era a sensação de tocar esses espetos de lama. Você acha que eu ficaria engraçado se usasse vestido e passasse um monte de lama na cabeça?"

James balançou a cabeça. Tentou imaginar o monstro de vestido, mas só conseguiu visualizar alguém subindo até o Mirante da Honra. Alguém encontrando pedaços de James espalhados por todo lado, como confetes rosas e vermelhos. Esse alguém tentaria imaginar o que acontecera e ficaria feliz porque não fora com ele. Talvez algum dia as pessoas contassem histórias de terror sobre o sucedido com a Cabana 6 quando seus ocupantes saíram com suas barracas para acampar. Ninguém acreditaria naquelas histórias. Ninguém compreenderia por que havia entre eles um garoto de vestido.

"Você está tremendo porque está com frio ou porque está com medo de mim?", quis saber o monstro.

"Não sei", disse James. "As duas coisas. Desculpe."

"Talvez fosse melhor a gente se levantar e correr um pouco", disse o monstro. "Posso correr atrás de você. Talvez você se aqueça. Tempo esquisito, não é mesmo? Mas bonito, também. Gosto de ver como a neve faz tudo ficar limpinho e arrumado."

"Quero voltar para casa", disse James.

"Sua casa é em Chicago, não é?", disse o monstro. "É o que anotei na minha caderneta."

"Você anotou o lugar onde eu moro?", perguntou James.

"Todos aqueles caras da outra cabana", disse o monstro. "Da Cabana 4. Fiz eles anotarem os endereços deles. Gosto de viajar. Gosto de visitar as pessoas. Além disso, se você diz que eles são uns idiotas, será que eu deveria visitá-los? O que você acha? Porque eles bem que merecem."

"É", disse James. "Eles bem que merecem. Seria muito engraçado. Rá rá rá."

"Excelente", disse o monstro. E levantou. "Foi ótimo conhecer você, James. Você está chorando? Pelo jeito você está chorando."

"Não estou chorando. É só a neve. Caiu neve no meu rosto. Você já vai?", perguntou James. "Você vai me deixar aqui? Não vai me comer?"

"Não sei", falou o monstro, depois fez um pequeno rodopio, como se fosse correr numa direção e depois mudasse de ideia e resolvesse correr para cima de James. James choramingou. "Não consigo decidir. Talvez fosse melhor tirar cara ou coroa. Você tem uma moeda para me emprestar?"

James balançou a cabeça, negando.

"Está bem", disse o monstro. "Vamos fazer o seguinte. Eu penso num número entre um e dez. Você diz um número, e se for o mesmo que eu pensei, não como você."

"Não", respondeu James.

"Então que tal se eu só comer você se você disser o número no qual eu estou pensando? Juro que não trapaceio. Provavelmente não trapaceio."

"Não", respondeu James, sem conseguir deixar de pensar num número. Pensou no número quatro. O número ficou ali dentro da cabeça dele, flutuando feito um grande cartaz de neon, acendendo e apagando. Quatro, quatro, quatro. Cabana 4. Ou seis. Cabana 6. Ou será que era uma escolha óbvia demais? Não pensar num número. Ele apostaria qualquer coisa que aquele monstro era capaz de ler pensamentos. Talvez o monstro tivesse posto o número quatro na cabeça de James. Seis. James substituiu o número seis pelo número seiscentos porque assim não era um número entre um e dez. Não leia meus pensamentos, pensou. Não me coma.

"Vou contar até seiscentos", disse o monstro. "Depois vou sair correndo atrás de você. Seria engraçado. Se você conseguir voltar para o acampamento antes de eu apanhar você, você está salvo. Combinado? Sabe o que eu vou fazer? Mesmo que você não consiga voltar, vou até lá e como os caras. Combinado?"

"Mas está escuro", falou James. "Está nevando. Estou de vestido."

O monstro contemplou suas unhas. Sorriu, como se James tivesse acabado de contar uma piada muito boa. "Um", começou ele. "Dois, três, quatro. Corra, James! Faça de conta que estou perseguindo você. Faça de conta que vou comer você se conseguir apanhar você. Cinco, seis. Vamos, James, corra!"

James correu.

AS COMPETIÇÕES DE COWLICK

RICHARD KENNEDY

ilustrado por Jan Van Der Veken

Osso de Porco e sua gangue entraram na cidadezinha de Cowlick numa tarde empoeirada num momento em que o xerife e seus homens estavam fora pescando.

"Se alguém precisar de nós", disse o xerife quando o grupo partiu, "estamos logo ali, pescando no arroio. É só gritar, que a gente vem."

Assim, quando os moradores do lugar viram Osso de Porco e sua gangue chegar, gritaram pelo xerife e seus homens. O primeiro a gritar foi o major. Depois foi o padeiro. Depois o barbeiro. Depois diversos outros tentaram, e quem gritou mais alto foi o banqueiro. Só que como o xerife e seus homens não apareceram, todo mundo correu para se esconder.

As ruas estavam vazias, as portas fechadas com tranca e as janelas travadas, quando Osso de Porco e sua gangue avançaram pela avenida principal. Aqui e ali um olho aparecia numa fechadura ou na fresta entre duas tábuas, e atrás das cortinas das janelas vultos se moviam com calma felina.

Quando chegaram à frente do banco, Osso de Porco e seus quinze homens puxaram as rédeas de suas montarias. A julgar pelo aspecto do lugar, Cowlick poderia ter sido uma cidade fantasma.

"Ei!", chamou Osso de Porco. "Onde estão as galinhas deste galinheiro? Hein? Quem é que vai me contar? E aquele fresco do xerife e as amiginhas dele, onde estão? Mandem eles cá para fora para a gente dar uns tiros neles!"

Os vultos se imobilizaram atrás das cortinas e nem um olho apareceu nas frestas.

"Puxa, que droga! Esse negócio está muito sem graça", queixou-se Osso de Porco. "Que diabo! Recolham a grana, rapazes." Coçando-se e cuspindo, alguns dos homens apearam de seus cavalos. "Que diabo!", disse de novo Osso de Porco. "Eu estava querendo um pouco de baderna."

Naquele momento, Wally, que estava escondido embaixo de um cocho, engatinhou para fora e avançou para a gangue de Osso de Porco.

"Se o que vocês querem é um pouco de baderna", disse Wally, "podem deixar comigo."

Osso de Porco deu uma olhada para o garoto e disse: "Para mim, o máximo de baderna que você consegue criar é ficar preso entre meus dentes quando eu estiver mastigando você".

"Rá! Rá! Rá!", riu a gangue.

"Calem a boca!", mandou Osso de Porco.

"Eu sou o corredor mais veloz destas redondezas", disse Wally. "Aposto que consigo vencer seus cinco melhores homens na corrida."

"Nossa, que bela recepção! Acho que estamos precisando nos divertir um pouco." E Osso de Porco chamou seus homens: "Jacaré, Chicote Negro, Mordida de Cobra, Arranca Olho, Migalhas... desçam dos cavalos e venham fazer um pouco de alongamento".

Os homens apearam dos cavalos e Wally riscou uma linha na poeira.

"Vamos correr até o fim da rua, dobrar a esquina e entrar nas Cavalariças de McGee", explicou Wally, posicionando-se junto à linha. Os homens arregaçaram as calças e jogaram suas esporas para um lado, tiraram os chapéus que os atrapalhavam e largaram os cinturões com os revólveres no chão. Depois se inclinaram sobre a linha de largada ao lado de Wally.

"Preparados?", perguntou o garoto.

"Preparados", rosnaram os homens.

Osso de Porco ergueu seu 44. "Preparar... apontar..."

BUUUM!

Os corredores cruzaram a linha com um tranco. Wally saiu em último lugar, ficou atrás ao longo de toda a rua e foi o último a dobrar a esquina. Alguns moradores saíram de seus esconderijos quando os corredores passaram.

Ao chegar às Cavalariças de McGee, Wally encontrou os cinco homens lá dentro, rindo dele ao vê-lo entrar pela porta correndo. Wally sorriu, bateu a pesada porta e fechou-a com a tranca, prendendo os homens no interior das Cavalariças de McGee. Andando devagar, voltou para onde estavam Osso de Porco e os outros dez homens da gangue. Mais alguns moradores haviam surgido, tímidos, na rua empoeirada.

"Eles venceram", disse Wally. "Depois tomaram um trago e se deitaram na palha para descansar."

"Rá! Rá!", riu Osso de Porco.

"Rá! Rá! Rá!", riram os homens.

"Quietos!", urrou Osso de Porco.

"É que minha arrancada foi ruim, senão eu é que teria vencido", disse Wally. "Ou seja, essa corrida não valeu. Mas vou dar outra oportunidade para vocês. Escolha mais cinco homens e aposto que consigo escalar mais depressa que qualquer um deles."

"Você é um ratinho muito metido", disse Osso de Porco. "Está precisando de uma boa sova, e eu já sei quem pode se encarregar disso." E chamou: "Chairel, Cilha, Arção, Espora, Ianque! Venham cá!".

Os cinco homens foram, rindo enquanto se despojavam de seus cinturões e de seus revólveres, enquanto descalçavam as esporas e enfiavam as camisas para dentro das calças. Mais moradores locais saíram de suas casas para ver no que aquilo ia dar.

"Vamos precisar encostar duas escadas bem compridas na lateral da igreja", disse Wally. Alguns garotos mais crescidos saíram correndo e voltaram com duas escadas de seis metros, que encostaram na parede da igreja. Todos se reuniram ao redor de Wally quando ele explicou as regras da competição. "Agora vocês cinco sobem por aquela escada enquanto eu subo pela

outra. Aposto que venço vocês todos, que subo mais depressa e que depois serei o primeiro a sentar no telhado da igreja."

"Essa vai ser boa", disse Osso de Porco. "Quem sabe rende até um pescoço quebrado." E sacudiu o 44.

BUUUM!

Os escaladores pularam em suas escadas e começaram a subir.

Todos os cinco subiram os degraus, escalaram o telhado e se sentaram na cumeeira da igreja antes que Wally tivesse conseguido chegar ao alto de sua escada. O garoto parou de subir e olhou para baixo. Mais moradores tinham saído de seus esconderijos para apreciar as competições. Alguns estavam armados.

"É impressionante!", comentou Wally, erguendo o rosto para os homens sentados no telhado, acima dele. "Não há dúvida de que vocês são bons escaladores."

"Para um iniciante, até que você não está tão mal", disse Chairel.

Wally gritou para baixo, para Osso de Porco: "Eles venceram de longe, mas conheço outra competição em que vou conseguir vencer seus últimos cinco homens".

"Desça já daí, seu galinho-garnizé, que eu vou lhe dar uma última oportunidade", gritou Osso de Porco de volta.

Wally se virou novamente para os homens do telhado. "Aposto que vocês conseguiriam vencer até um cabrito montês!"

"E você não está tão mal, para uma criança", comentou Cilha.

"Vocês estão bem, aí em cima, rapazes? A vista é boa?", perguntou Wally.

"Ótima", disse Espora.

"O melhor assento da casa", disse Ianque.

"Um espetáculo", disse Arção.

Assim, Wally deixou os cinco sobre o telhado e desceu. Àquela altura já havia uma pequena multidão de moradores locais apreciando os acontecimentos.

"Sei que não pareço muito forte", disse Wally a Osso de Porco.

"Você parece minha irmãzinha pequena", disse Osso de Porco.

"Pode ser", respondeu Wally. "É o seguinte: aposto que sou suficientemente forte para erguer meu cavalo e aposto que seus homens não são capazes de erguer aqueles porcões em que estão montados."

O rosto de Osso de Porco ficou rubro e ele berrou: "Louco, Toco, Soco, Coco, Bronco! Venham cá, e tragam seus cavalos!". Os homens se reuniram em torno dele com seus cavalos e Wally se aproximou com seu cavalinho.

"Bem, se vocês nunca ergueram um cavalo antes, vou avisando que a coisa pode complicar um pouco", disse Wally. "É preciso se posicionar bem embaixo do cavalo e erguer o corpo, erguendo o cavalo. O problema é que o cavalo se esforça para escorregar de suas costas. Assim, o melhor a fazer é amarrá-lo bem amarrado. Vou mostrar para vocês. Posicionem-se embaixo de seus cavalos que eu ensino. Vocês aí, venham me dar uma mão", pediu aos moradores locais.

Wally pegou um laço do cavalo de Toco e passou-o por cima da sela e em torno da barriga de Toco, deu várias voltas com a corda e depois amarrou bem firme.

"É assim que se faz", mostrou Wally. Depois andou até a igreja e afastou as duas escadas da parede, que caíram no chão.

"Ei!", Ianque gritou lá do telhado. "Como é que a gente vai descer daqui?"

Nesse exato momento Osso de Porco começou a se dar conta da situação. Olhou para a ponta da rua, onde seus corredores haviam desaparecido, depois para os homens no telhado e depois para os homens amarrados às barrigas dos próprios cavalos. Então pegou seu 44 e mirou um ponto entre os olhos de Wally. Os moradores também começaram a compreender o que se passava e dois deles apontaram seus rifles para Osso de Porco.

Wally disse: “Agora cinco de seus homens estão trancados nas Cavalariças de McGee, cinco estão impossibilitados de sair do telhado da igreja e cinco estão amarrados às barrigas de seus cavalos. Tenho a impressão de que você não vai conseguir fazer grande coisa sozinho”.

“Posso estourar seus miolos”, ameaçou Osso de Porco.

“Não vai adiantar nada”, respondeu Wally, olhando para os homens armados de rifles. “Se você fizer isso, meus amigos ali não vão gostar. E tem mais: você terá seus homens de volta junto com todo o dinheiro que está no banco se conseguir berrar mais alto que eu.”

“Rá! Rá! Rá!”, riu Osso de Porco. “Uma competição de berros? Você acha que eu consegui me tornar chefe dessa gangue por nada?”

“Rá! Rá! Rá!”, riram os homens de Osso de Porco.

“Calem a boca!”, ordenou Osso de Porco. Os homens se calaram.

“Você berra primeiro”, falou Wally.

Osso de Porco coçou o queixo e olhou em torno com toda a cautela do mundo. Depois deu de ombros e enfiou o revólver no coldre.

“Está bem”, concordou. “Preciso de espaço para encher os pulmões.” Abriu os braços e todos recuaram. Depois encheu bem o peito de ar e soltou um brado.

“UUUUUUUUUUUUUUUUAAAAAAAAAAAAAAAAAA!”

“Excelente”, admitiu Wally, “mas eu consigo berrar mais alto. Você precisa projetar o som lá do fundo da barriga.”

“Você acha que eu não sei?”, disse Osso de Porco. “Escute só.”

“IIIOOOOOOOOOOUUUUUUUUUUUUUUUUUOOOOOOOOOOOOOO!”

“Nada mau”, disse Wally, “mas eu consigo um resultado melhor. Se você tirasse o cinturão com o revólver, conseguiria encher mais os pulmões.”

"Isso é verdade", concordou Osso de Porco, e largou o cinturão com o revólver ao seu lado, no chão.

"RRRAAAAAAAAAAAAAAAAAAAAAAAAAAAAAAAAEEEEEEEEEEEEEEEEEEEEEEEEEEEEEIIIIIIIIIIIIIIIIIIIIIIIIIII!"

"Tire o chapéu e incline mais a cabeça para trás", sugeriu Wally.

Na sexta tentativa, os berros de Osso de Porco estavam ficando cada vez mais sonoros. Na sétima tentativa o xerife e seus homens, que estavam pescando no arroio não muito longe dali, se aproximaram por trás de Osso de Porco sem fazer barulho e o agarraram pelos braços. Osso de Porco estava tão zonzo de tanto berrar que nem tentou resistir quando o xerife o levou dali. Os outros membros da gangue foram reunidos e trancafiados na prisão junto com ele.

Ao ver Wally passar pela janela da prisão, Osso de Porco olhou para ele furioso.

"Muito engraçado", rosnou.

"Rá! Rá! Rá!", riram seus homens.

"Calem a boca!", mandou Osso de Porco.

Wally reuniu seu equipamento de pesca e se afastou na direção do arroio.

THE
MINTY!
FRESH
all that
you can BE
Lite!
LO CARB
LD
LEMON
FLAVOR
100%
ALWAYS ASK FOR
NOT RESPONSIBLE FOR SPOILAGE
Delicious
Fresh
Nutritious
7g
net carbs

VENDIDOS SEPARADAMENTE*

JON SCIESZKA

ilustrado por Lane Smith

Ele entra correndo e larga a sacola na mesa.

– Consegui – declara.

– Conseguiu o quê? – pergunta a garota.

– A coisa real.

A garota olha para a sacola.

– Uau. Você simplesmente fez. Obedeceu a sua sede.

O garoto balança a cabeça concordando.

– Sou um exército de um homem só, a pausa que refresca, o café da manhã dos campeões.

– Amo muito tudo isso – diz a garota.

O garoto ergue a sacola e a balança.

– Fui pelos meus dedos.

* Este conto foi escrito a partir de propagandas publicitárias norte-americanas e, quando possível, adaptadas aos padrões brasileiros. Ao final do texto, o autor utiliza alguns bordões da história dos Estados Unidos. Faça uma pesquisa para reconhecê-los! [N.E.]

– Shhh! – saúda a garota.

– Plop plop, fizz fizz – completa o garoto.

– Você tem segurança de estar em boas mãos? – indaga a garota.

– Sim, sim, em boas mãos.

Mas agora a garota está em pé, está se vendo no espelho. Fica pensativa.

– Será que estufa menos?

– Sabor inigualável.

– Baixo índice de gorduras?

– Baixo índice de carboidratos.

– Vinte e cinco por cento mais?

– Vinte e cinco por cento menos.

– Novo?

– E melhorado.

Há uma pausa. O garoto e a garota estão refrescados.

A garota estende a mão para a sacola.

– Quero ação instantânea, frescor cítrico, branco cintilante, com branqueadores!

O garoto tira a sacola de modo que a menina não possa alcançá-la.

– É apenas por tempo limitado.

– Mas estenda a mão e toque alguém – diz a garota.

O garoto anda devagar na direção da porta.

– Agora você consegue me ouvir?

– O que faria Jesus? – implora a garota.

– Diga não às drogas.

– Você se lembra do Maine?

– Deus abençoe a América – diz o garoto.

– Você se lembra do Alamo?

– Apoie nossas tropas – diz o garoto.

– Você se lembra de Pearl Harbor?

– A liberdade está a caminho – diz o garoto.

Ele abre a porta.

A garota se deixa cair novamente em sua cadeira.

– Como se escreve "alívio"?

– Você compra ou pega de graça – diz o garoto.

Ele sai, depois se afasta correndo.

– Terra dos livres – diz a garota.

– Nenhuma criança ficará para trás – diz a garota.

– Vendidos separadamente – diz a garota.

O TERCEIRO DESEJO DE SEYMOUR

SAM SWOPE

ilustrado por Heinrik Drescher

O jovem Seymour tinha um grande coração, um pequeno cérebro e uma mãe que, lamento relatar, era uma ogra. Vocês devem ter reparado que eu não falei que ela "parecia" uma ogra – nada disso, a mãe de Seymour era o artigo real, concreto, vivo, de pele esverdeada, olhos caídos, má postura e personalidade infernal. O nome dela, por mais estranho que pareça, era sra. Seymour, e, como todos os ogros, a sra. Seymour detestava crianças – inclusive Seymour, seu próprio filho. Não havia nada de muito pessoal nisso; os ogros simplesmente são assim. (Talvez seja uma coisa genética.) Seja como for, a sra. Seymour teria sido muito mais feliz se seu filho tivesse nascido alguma outra coisa, por exemplo, um gato.

A sra. Seymour tinha paixão por gatos. Gostava tanto de gatos que tinha 1 138 deles. Em seu apartamento havia gatos por todo lado. Havia gatos nas cadeiras e gatos no sofá. Havia gatos no computador e gatos no aparelho de fax. Havia gatos no lixo, no banheiro e embaixo da pia. Em todos os lugares possíveis, havia gatos.

À noite a sra. Seymour se acomodava com os 1 138 gatos em sua cama tamanho ogro. Não havia lugar para Seymour, que dormia sozinho.

Pobre do Seymour. O que ele mais queria nesta vida era que sua mãe o amasse, por isso fazia tudo o que lhe vinha à cabeça para agradá-la. De manhã, miava um bom-dia, à noite se lambia para ficar limpinho e só se aproximava do pote de comida depois de os gatos acabarem de comer. Mas por mais que se esforçasse, Seymour não conseguia alterar o fato básico de ser um menino.

Seymour vivia com a mãe e os gatos no 87º andar do arranha-céu mais alto da cidade. Todas as tardes a mãe pegava suas 1 138 trelas, descia com os gatos pelo elevador e ia dar uma volta no parque. Seymour sempre andava atrás deles todos. Um dia, durante a caminhada, Seymour estava brincando de fingir que era um dinossauro – RUGE! RUGE! RUGE! – quando viu uma trilha que nunca tinha reparado antes. A trilha serpenteava por uma encosta abaixo e acabava num bosque de bétulas através das quais brilhava um único raio de sol.

Seymor foi até lá investigar. No momento em que entrou para baixo das árvores, o ar ficou imóvel e o mundo silenciou. Aquele lugar parecia ao mesmo tempo mágico e especial. A lança de luz, ao cruzar as folhas, cintilava como se estivesse cheia de purpurina, mas olhando melhor Seymour descobriu que o raio de sol não estava cheio de purpurina, nem sequer de grãos de poeira. Estava era cheio de fadas – milhares de minúsculas fadas de asas cintilantes.

Seymour mergulhou a mão no raio de sol e como num passe de mágica as fadas desapareceram. Só que ele estava muito seguro de ter apanhado uma delas, porque sentia uma leve cócega na palma da mão. Quando espiou por entre os dedos cerrados para verificar, ouviu uma vozinha abafada gritar: "Me deixe sair! Por favor, me deixe sair!".

Seymour abriu a mão e viu um duende. Era um duende menino. Não parecia ser mais velho que o próprio Seymour, mas naturalmente é muito difícil ter certeza da idade de fadas e duendes. Seymour ficou surpreso ao constatar que esses seres extraordinários podem ser rechonchudos. As costuras da túnica daquele ali estavam estourando. A pobre coisinha estava morrendo de medo. Suas asas se agitavam nervosamente e ele erguia os braços para proteger a cabeça como se esperasse ser esmagado a qualquer momento.

"Não precisa ter medo", disse Seymour. "Não vou machucar você."

O duende não parecia nem um pouco convencido. Sabia que meninos não são seres de confiança. Para se esquivar de algum possível golpe, fez vários movimentos bruscos com o corpo sobre a palma de Seymour. Se inclinava para um lado, depois para o outro, e às vezes fazia de conta que ia virar de um jeito mas virava diferente. Como seria de esperar, depois de alguns minutos o duendezinho gorducho estava bufando e resfolegando, e a visão era tão cômica que Seymour começou a rir.

O duende disse: "Pode rir... *puf!*... Mas se você... *puf!*... me matar... *puf!*... seus três... *puf*... pedidos... *puf!* não serão atendidos... *puf!*".

"Pedidos?", perguntou Seymour. "Que pedidos?"

"Os pedidos... *puf!*... tradicionais... *puf!*"

"Como assim, tradicionais?"

"Os da tradição... *puf!*... segundo a qual... *puf!*... todo aquele que... *puf!*... encontra um gênio ou fada ou duende... *puf!* tem três... *puf!*... desejos... *puf!*... realizados..."

"Que tradição engraçada", disse Seymour. "Quem foi que inventou?"

"Sei lá", bufou o duende.

Seymour não conseguia acreditar na sua imensa sorte. "Posso desejar qualquer coisa?"

"Qualquer coisa."

"Uau!", falou Seymour. "Quando vamos começar?"

O duende, finalmente convencido de que não corria perigo, deitou-se na palma de Seymour, exausto. A situação era tremendamente exasperante, e ele murmurou para si mesmo: "A vida não é justa, não é nada justa!". E é preciso admitir que ele sabia do que estava falando. Como *você* se sentiria se estivesse voejando por aí, cuidando da sua própria vida, e aparecesse um garotinho para prender você no interior de sua mão grudenta – e *você* com a missão para a qual tinha sido criado: de atender a três pedidos do *garoto*, em vez do oposto!

Mas o duende sabia que não adiantava se queixar. Era a tradição, e ele precisava segui-la. "Quanto mais depressa começarmos, melhor", explicou a Seymour. "Mas antes de me fazer seu primeiro pedido, pense muito bem. Porque..."

Só que Seymour estava muito agitado para pensar, quanto mais para pensar muito bem. Com seu cérebro limitado, disse num impulso a primeira coisa que lhe passou pela cabeça: "Eu queria ser um enorme Tiranossauro rex!".

"Escolha interessante", pensou o duende, e balançou a varinha de condão. Um, dois, três! O pedido de Seymour se realizou.

O garoto olhou para seu incrível corpo novo e exclamou: "Uau! Espera aí que eu vou mostrar para a mamãe!".

Mais alto que as árvores, Seymour atravessou o parque correndo até chegar ao lugar onde estavam a sra. Seymour e seus 1 138 gatos. "Ei, mamãe!", gritou ele. "Olha para mim!" Só que não foi isso que a sra. Seymour ouviu Seymour dizer. O que a sra. Seymour ouviu Seymour dizer foi: "*Ruge! Ruge! Ruge!*", e quando viu um imenso Tiranossauro Rex se aproximando, soltou um berro, largou as extremidades de suas 1 138 trelas e fugiu correndo a toda a velocidade. Seus 1 138 gatos, tão apavorados quanto ela, dispararam em 1 138 direções diferentes e nunca mais foram vistos.

Seymour ficou sozinho, sentindo-se infelicíssimo. Obrigado a viver com as consequências de seu pedido impulsivo, saiu batendo os pés de raiva, rugindo, criando uma verdadeira tempestade. Uma das guardas do parque o avistou. Estava razoavelmente segura de que não era permitido dinossauros no parque, por isso pegou o telefone e ligou para a Prefeita. "Senhora Prefeita!", exclamou. "Tem um enorme Tiranossauro Rex solto no parque!"

"Não podemos permitir uma coisa dessas!", disse a Prefeita, e passou a mão no telefone e ligou para a Governadora. "Senhora Governadora!", exclamou. "Tem um enorme Tiranossauro Rex solto no parque!"

"Não podemos permitir uma coisa dessas!", disse a Governadora, e passou a mão no telefone e ligou para a Presidente. "Senhora Presidente!", exclamou. "Tem um enorme Tiranossauro Rex solto no parque!"

"Não podemos permitir uma coisa dessas!", disse a Presidente, e passou a mão no telefone e ligou para a Ministra da Defesa. "Senhora Ministra!", exclamou. "Tem um enorme Tiranossauro Rex solto no parque!"

DINGY
TEETH
no
Beauty

seymour
H.DRESCHER.COM

"Vou dar um jeito nisso", disse a Ministra. E na mesma hora o parque foi cercado por tanques e enormes carros com mísseis. O céu ficou cheio de helicópteros.

Com seu cérebro limitado, Seymour não percebeu o perigo da situação; com seu coração generoso, acenou para os homens que vinham prendê-lo. E foi assim que, antes que Seymour conseguisse entender o que estava acontecendo, o helicóptero largou uma rede por cima dele e o apanhou.

"*Ruge!*", exclamou Seymour tentando se libertar, mas a rede era tão forte que nem um enorme Tiranossauro Rex era capaz de arrebentá-la, e os helicópteros ergueram Seymour pelos ares e o transportaram por cima da cidade.

"Se eu fosse você, fazia depressa o segundo pedido", aconselhou o duende. "E se puder sugerir alguma coisa, que tal virar um passarinho bem pequeno?"

Em pânico, Seymour gritou: "Isso, isso! Um passarinho! Quero ser um passarinho bem pequeno!".

O duende fez um movimento com a varinha e na mesma hora Seymour virou um passarinho suficientemente pequeno para passar entre as malhas da rede e voar para longe, para a liberdade, deixando o exército na maior atrapalhação, sem entender onde tinha ido parar o enorme Tiranossauro Rex que momentos antes havia sido apanhado na rede jogada do helicóptero.

"Dois pedidos atendidos. Falta um", pensou o duende.

Seymour sobrevoou a cidade, feliz como... bom, como um passarinho. "Eu sei voar!", exclamava Seymour. "Eu sei voar!", Seymour abriu as asas. Disse: "Vou ver o mundo!".

Lado a lado, Seymour e o duende voaram e voaram e voaram e voaram e voaram e voaram. Voaram até San Francisco, Vladivostok, Tóquio, Perth, Bombaim, Istambul, Nairóbi, Roma, Paris, Londres, Reykjavik, Rio de Janeiro, e nem assim pararam de voar. Enquanto voavam, viram muitas coisas incríveis e tiveram muitas aventuras magníficas, mas quando chegaram à Cidade do México o duende estava exausto e Seymour com saudade da mãe.

"Vamos para casa", disse Seymour.

E assim Seymour e o duende voaram mais um pouco. Voaram até aterrissar no peitoril de uma janela do 87º andar de um arranha-céu muito alto. Seymour espiou para dentro da vidraça. Sua casa! Estava em casa! Em casa! Em casa! E o melhor: tudo estava exatamente da maneira que ele se lembrava. Tudo, exceto por um detalhe – ou, mais exatamente, por 1 138 detalhes. Os gatos de sua mãe, todinhos, haviam desaparecido. Não havia nem sequer um bigode à vista.

E aí Seymour viu sua mãe. Ela estava sentada no sofá com o controle remoto na mão. Ao ver como ela zapeava de canal para canal para canal para canal sem encontrar nenhum programa interessante para assistir, Seymour achou que a mãe estava com o aspecto mais triste e solitário do mundo. Para animá-la, cantou sua canção mais bonita.

"Piii piii piii piii!"

"Fora daqui!", rosnou a sra. Seymour jogando o chinelo na janela.

Seymour, porém, ficou imóvel, incapaz de se mover, e a ogra resmungou:

"Passarinho idiota! Queria ver se você teria essa valentia toda se meus gatos estivessem aqui. E se aquele dinossauro não tivesse expulsado os coitadinhos, a esta altura eles já teriam engolido você!".

Ao falar nos gatos, a sra. Seymour começou a chorar. "Ah, coitadinhos dos meus gatinhos! Que saudades que eu sinto dos meus queridos bichanos!"

Seymour, com seu grande coração, não aguentava ver a mãe chorar. Sem pensar duas vezes, formulou seu terceiro e último pedido.

O duende sorriu, agitou a varinha e desapareceu – *puf*!

Uma vez mais, Seymour chamou sua mãe. No começo a ogra achou que estava ouvindo coisas, mas ao olhar para a janela teve um sobressalto e exclamou, assustada: "O que você está fazendo

aí fora? Cuidado para não cair!". Em pânico, a ogra pulou do sofá, abriu a janela e pegou Seymour no colo. "Coitadinho de você", disse ela. "Que susto você me deu!"

"Miau", falou Seymour, esfregando a cabeça na mão dela para mostrar que a amava.

A sra. Seymour aninhou Seymour nos braços e disse: "Como você foi parar lá fora? De onde você saiu?".

"Miau", explicou Seymour, espremendo os olhos, feliz da vida.

"Que gatinho encantador! É um milagre, simplesmente um milagre!"

"Miau miau", continuou Seymour.

"Miau miau para você também. Me diga uma coisa, meu querido: você gostaria de morar com uma velha ogra malvada como eu?"

"Miau!", respondeu Seymour.

"Ah, coisinha bonitinha que você é", disse a sra. Seymour, e beijou o narizinho úmido de Seymour.

A sra. Seymour levou Seymour até a cozinha e deu a ele uma tigela de leite gostoso e quentinho. Depois foi até a sala, sentou no sofá e deu alguns tapinhas em suas coxas encaroçadas de ogra. "Upa! Upa!", disse a Seymour. Sem hesitar, Seymour pulou para o colo de sua mãe e se enroscou todo, feliz da vida. "Que gatinho mais bonitinho", disse a sra. Seymour.

Sentindo a mãe acariciar seu pelo, Seymour ronronou e ronronou e ronronou, e os dois viveram tão felizes e satisfeitos daquele dia em diante que acho que ele está ronronando até hoje.

GRIMBLE

GRIMBLE

CLEMENT FREUD

ilustrado por Marcel Dzama

SEGUNDA-FEIRA

Esta é a história de um garoto chamado Grimble. Ele tinha uns dez anos de idade. Talvez você ache ridículo dizer que uma pessoa tem *uns* dez anos de idade, mas os pais do Grimble eram meio estranhos, uns caras muito distraídos que raramente percebiam as coisas com perfeita clareza.

Por exemplo, o aniversário dele não tinha dia certo como os das outras crianças; de vez em quando seu pai e sua mãe compravam um bolo, espalhavam algumas velas por cima e diziam: "Parabéns, Grimble. Hoje você completa mais ou menos sete anos", ou "Ontem você estava com mais ou menos oito anos e meio, mas não deu para comprar um bolo porque a confeitaria estava fechada". Claro que havia desvantagens em ter pais assim – por exemplo ter esse nome, Grimble, que fazia todo mundo dizer: "Qual é o seu nome verdadeiro?", e ele tinha que responder "Meu nome verdadeiro é Grimble".

O pai de Grimble fazia alguma coisa relacionada a viajar para outro lugar; sua mãe era dona de casa por profissão e gostava de estar ao lado do marido sempre que possível. Grimble ia à escola.

Em geral, quando ele saía de casa pela manhã, seus pais ainda estavam dormindo e havia um bilhete ao pé da escada dizendo: AQUI ESTÁ UM DINHEIRINHO PARA SEU CAFÉ DA MANHÃ. Junto com o bilhete sempre havia algumas moedas, uma quantia não muito nutritiva, então Grimble ia a uma lanchonete e pedia um copo de refrigerante, algumas raspas de merengue e uma fatia de *bacon*. Na escola ele ganhava almoço: essa era a parte organizada de sua vida. Torta especial ou salsicha com purê na segunda, na terça, na quarta e na quinta; e na sexta-feira tiras de peixe frito. De sobremesa, mussingau de chocolate, que é uma mistura de musse de chocolate com mingau de chocolate e que não tem muito gosto de nada, só do creme de baunilha que a cozinheira da escola derramava por cima de tudo.

Numa segunda-feira, Grimble chegou da escola, abriu a porta e gritou: "Cheguei!". Ninguém gritou nada em resposta. Aí ele deu uma volta pela casa para ver se encontrava algum bilhete, já que seus pais sempre deixavam bilhetes. Nesse ponto eles eram campeões absolutos.

Na sala, em cima de uma mesa, havia um globo. Enfiados no globo ele viu dois alfinetes, cada qual com um triângulo de papel. Um deles estava espetado na Inglaterra e dizia GRIMBLE. O outro estava espetado no Peru e dizia NÓS. Quando entrou na cozinha, Grimble encontrou outro bilhete: CHÁ NA GELADEIRA, SANDUÍCHES NO FORNO. DIVIRTA-SE.

No quarto havia um bilhete dizendo: VOCÊ VAI FAZER SEUS DEVERES, NÃO VAI? PS: NÃO SE ESQUEÇA DE SUAS ORAÇÕES.

No banheiro, outro bilhete: DENTES.

Grimble deu a volta na casa pensando em como seus pais eram bons, e quando chegou à porta dos fundos viu um bilhete: LEITEIRO: NADA DE LEITE POR CINCO DIAS.

O menino trocou o bilhete por SÓ UM POUCO DE LEITE POR CINCO DIAS depois se sentou na cozinha e começou a pensar na situação. Cinco dias é muito tempo para qualquer um, especialmente para um menino de dez anos que nunca sabe muito bem se está deixando passar seu aniversário sem se dar conta. Já fazia várias semanas que ele não comemorava um aniversário. Pegou um pedaço de papel e calculou cinco dias vezes vinte e quatro horas e encontrou mais de cem horas, na verdade cento e tantas horas.

Grimble resolveu comer um sanduíche. Abriu a porta do forno, verificou que o forno estava completamente entupido de sanduíches e pegou um de presuntada com geleia de damasco. Estava um pouco azedo, do jeito que ficam os sanduíches feitos há muito tempo, de modo que ele ligou o forno para tirar um pouco o gosto de velho dos sanduíches e resolveu escrever um poema sobre a situação. Aqui está o que ele escreveu:

O poema não era muito bom e tinha sido escrito num segundo, então ele abriu a porta da geladeira e viu que havia garrafas e mais garrafas de chá. Encheu uma xícara e bebeu.

O chá não era muito gostoso e não estava quente, que é o jeito bom de tomar chá, por isso ele levou sua bola de futebol para o quintal e treinou chutes a pênalti com o pé esquerdo. Na verdade, Grimble não conseguia chutar a bola com o pé direito, mas raríssimas pessoas sabiam disso, então, quando ele estava com amigos a quem queria impressionar, costumava dizer: "Vejam como eu consigo chutar pênaltis com o pé esquerdo". Dava muito certo.

Depois de marcar cento e sete gols, entrou em casa para comer um sanduíche decente, fresquinho. Abriu a porta do forno e encontrou uma cena muito triste. Os sanduíches tinham sido enrolados em pedaços de papel, e o forno havia queimado o papel, e toda a manteiga tinha escorrido para a bandeja de baixo, e os recheios de patê e manteiga de amendoim e mel e queijo e picles estavam fritando na manteiga. Grimble pegou uma colherzinha, provou um pouco da mistura e chegou à conclusão de que preferia biscoito integral, mas no momento em que estava provando a mistura localizou outro bilhete grudado na porta do forno e só um pouquinho marrom por causa do calor dos sanduíches aquecidos.

EM CASO DE EMERGÊNCIA, dizia o bilhete, PROCURE e a seguir havia uma lista de cinco nomes e endereços, todos bem próximos da casa de Grimble. Ele se sentiu muito aliviado, chutou mais dois gols e saiu na direção da casa do primeiro nome da lista:

SR. WILFRED MOSQUITO RUA DE TRÁS, 29 (TOCAR DUAS VEZES A CAMPAINHA).

Para chegar à rua de Trás era só sair de casa e dobrar a esquina, por isso ele foi até lá correndo, e na porta da frente da casa encontrou um bilhete onde estava escrito: BEM-VINDO

GRIMBLE, A CHAVE ESTÁ NA GARRAFA DE LEITE. Ele abriu a porta, entrou e encontrou outro bilhete: A COMIDA ESTÁ NA COZINHA. A COZINHA FICA DO OUTRO LADO DA PORTA ONDE ESTÁ ESCRITO COZINHA, e na cozinha havia um grande pedaço de papel onde estava escrito: SIRVA-SE.

A cozinha da família Mosquito era grande e clara. Havia uma fruteira com cocos, bananas e limões-sicilianos – limões-sicilianos são iguais a limões, só que amarelos – e na prateleira havia uma garrafa de rum e na geladeira havia um montão de carne, toda ela crua.

Grimble tomou um gole de rum e não gostou muito. Era uma bebida forte. Então comeu uma banana e tentou chutar um pênalti com o pé esquerdo usando um coco em vez de bola e mirando a porta da cozinha, mas uma lasca grande de tinta se soltou e ele pensou: "Eu não moro aqui, e nem na minha própria casa eu posso ficar arrancando lascas de tinta das portas", de modo que tratou de grudar de novo a tinta na porta usando a parte mole de dentro da casca da banana como cola, depois foi fazer uma exploração da casa.

Até onde ele podia ver, a família Mosquito era composta de um homem, uma mulher e uma única criança com um montão de roupas (ou quem sabe três crianças com poucas roupas cada uma), além de seis gatos. Ele tinha certeza de que eram seis gatos porque encontrou todos eles numa cesta embaixo da escada. Perto deles havia um pires com leite e outro pires com carne e a carne tinha um certo cheiro de peixe. Na sala havia muitas fotografias de pessoas e todas as pessoas das fotografias eram negras. Também havia um mapa da Jamaica. Grimble, que não gostava de chegar a conclusões apressadas mas que em matéria de ser detetive era tão bom quanto os velhos Sexton B. e Sherlock H. e Dixon of Dock, teve certeza de que a família Mosquito era jamaicana.

Ele adquiriu essa certeza especialmente depois que encontrou um jornal chamado *Daily Gleaner*, publicado em Kingston, na Jamaica. Ao ler o jornal, percebeu que na primeira página havia uma nota instruindo o leitor a abrir o jornal na página sete se quisesse saber qual era a receita da semana, que era torta de coco.

Grimble foi para a página sete.

A torta de coco, escrevia a boa mulher que havia inventado a receita, *pode ser feita por uma criança de oito anos.*

Como tinha mais que oito anos, Grimble se deu conta de que poderia fazer uma torta de coco com a maior facilidade; com o *Daily Gleaner* na mão foi até a cozinha, apoiou o jornal no coco para que ele ficasse em pé e começou a ler as instruções.

Faça uma massa de pastel da maneira habitual, estava escrito.

Grimble achou aquela instrução completamente idiota e ficou satisfeito ao verificar que a escritora também devia ter se dado conta disso porque logo em seguida ela falava em pegar um quarto de quilo de farinha, cento e cinquenta gramas de manteiga, meia colher de chá de sal e duas colheres de sopa de água. Outra possibilidade, dizia ela, era usar uma dessas bases de torta compradas prontas. "Por que você não falou isso logo de saída, seu jornal idiota?", observou Grimble, e saiu para o quintal da família Mosquito para tentar capturar uma pomba gorda. Na quarta vez que jogou a jaqueta por cima da cabeça da pomba gorda, ela olhou para ele com um ar cansado e triste, andou até um pouco mais adiante e levantou voo.

Grimble voltou para a cozinha.

Para o recheio, dizia a receita do jornal, *você vai precisar de duzentos e cinquenta gramas de coco ralado, uma colher de melado morno e dois ovos batidos.*

Ele bateu dois ovos e começou a procurar o coco. O coco havia desaparecido. Lembrou-se de tê-lo visto na fruteira; lembrou-se de ter dado um chute nele, lembrou-se muito bem desse fato porque estava até agora com uma dor no pé esquerdo. Leu diversas páginas do *Daily Gleaner* para ver se por acaso eles diziam como fazer uma torta de coco sem coco, mas só encontrou páginas e mais páginas de letra miúda embaixo dos títulos *Empregos* e *Veículos – venda*. Só conseguiu encontrar o coco depois que chegou à última página. O coco estava servindo de apoio para o jornal.

Como a maioria dos garotos, Grimble achava que o coco nasce na ponta de um suporte de metal nos parques de diversão, e não sabia como fazer para transformar aquela coisa marrom e peluda que nunca saía do lugar quando você a acertava com bolas de madeira naquela polpa de coco tão leve e branquinha que havia dentro de algumas barras de chocolate. O coco bateu na trave (na verdade a perna da mesa) e partiu-se ao meio. Quando isso aconteceu, uma grande poça branca de leite de coco se espalhou pelo chão da cozinha.

Foi um acontecimento de grande utilidade. Antes de mais nada, serviu para ele descobrir onde estava a polpa branca e macia do coco, e em segundo lugar ele estava começando a achar que deveria oferecer alguma coisa aos seis gatos debaixo da escada, e agora havia todo aquele leite. Concluiu que seis gatos era muito mais fácil que um pano de chão e um balde.

Ralar um coco não é tão fácil quanto parece porque a polpa cresce no interior da casca e isso significa retirar toda a casca antes de chegar à polpa. Além disso o ralador estava com um enorme aviso grudado, que dizia: GRIMBLE, CUIDADO COM OS DEDOS, de modo que a operação era bastante lenta. No fim, porém, tudo acabou dando certo e ele espalhou o ovo e o melado e o coco dentro da base de torta e assou-a do modo que eles mandavam e expulsou os gatos da cozinha, e quando a torta ficou pronta ele a comeu

quase na mesma hora. Era a melhor coisa que ele já havia comido depois do sanduíche de presuntada com geleia de damasco.

Quando Grimble acabou de comer já eram sete e quinze; como sua hora oficial de ir para a cama era sete e meia, ele voltou para casa. Quando chegou à porta, viu um telegrama no capacho. O telegrama era para ele. Abriu-o com cuidado e leu o que estava escrito: MANDAREMOS TELEGRAMA AMANHÃ. BEIJOS PAPAI E MAMÃE.

Logo antes de se deitar ele tentou entender por que eles não haviam mandado o recado que pretendiam mandar no telegrama de amanhã no telegrama de hoje, mas se atrapalhou todo tentando refletir sobre o problema e preferiu escovar os dentes, rezar e cair no sono.

TERÇA-FEIRA

No dia seguinte Grimble acordou muito cedo pela manhã porque depois de comer torta de coco quente recém-saída do forno a pessoa não dorme muito bem. Ele correu para baixo. No capacho viu outro telegrama dirigido a ele com a palavra *Prioritário* carimbada num dos cantos. "Prioritário" significa que o assunto é muito importante, muito urgente. Ele abriu o telegrama com cuidado e leu o que estava escrito: GRIMBLE, DESCONSIDERE O TELEGRAMA DE ONTEM. BEIJOS PAPAI E MAMÃE.

Era difícil entender aquele telegrama porque na véspera Grimble havia recebido um telegrama dizendo mandaremos telegrama amanhã, e hoje era amanhã, e se seus pais não queriam que ele levasse em consideração o telegrama da véspera isso queria dizer que eles não mandariam telegrama nenhum hoje, só que eles tinham acabado de mandar um, aquele que naquele exato momento estava na sua mão. Era uma coisa muito perturbadora. Grimble foi até a sala e deu outra olhada no Peru com a bandeira com a palavra NÓS espetada, e mediu a distância entre Londres e Lima, que é a capital do Peru. A distância correspondia aproximadamente à largura de uma de suas mãos mais dois dedos. Ele pegou o globo para examiná-lo melhor e embaixo encontrou outro bilhete.

BOM DIA, GRIMBLE, dizia o bilhete. ESPERAMOS QUE VOCÊ TENHA DORMIDO BEM. QUANDO VOCÊ LER ESTE BILHETE, ESTAREMOS MANDANDO OUTRO TELEGRAMA PARA VOCÊ. VOCÊ O ENCONTRARÁ AO VOLTAR DA ESCOLA. NÃO SE ESQUEÇA DE LAVAR

A PARTE DE TRÁS DAS ORELHAS. NÃO BEBA SEU LEITE DEPRESSA DEMAIS PORQUE SENÃO ELE VIRA QUEIJO, E PARE DE USAR A TOALHA DE ROSTO PARA LIMPAR OS SAPATOS. VOCÊ SABE ONDE ESTÁ A ESCOVA DE SAPATOS.

Para chegar à escola, Grimble precisava dar uma bela caminhada. Quem chegava cedo encontrava uma mulher chamada sra. Smug, encarregada de limpar os corredores e que sempre carregava balas contra a tosse nos bolsos do avental. Ela dava as balas contra a tosse para os meninos porque não gostava de balas contra a tosse, mas tinha uma tosse muito feia e seu médico tinha mandado que ela levar seis daquelas balas para o trabalho todos os dias e voltasse para casa sem nenhuma.

"Bom dia, Grimble", disse a sra. Smug, tossindo aquela tosse feia dela. "Você aceita uma bala contra a tosse?"

Como Grimble tinha acabado de ver uma aranha sair do outro bolso da sra. Smug e detestava balas contra a tosse (e marzipã) mas era um garoto muito educado, ele disse: "Prefiro não aceitar, mas aceito se a senhora insistir. Na verdade ainda estou me sentindo um pouco enjoado por causa da torta de coco de ontem à noite".

"Então é isso", disse a sra. Smug, usando uma de suas frases prediletas.

"Eu mesmo preparei a torta de coco", acrescentou Grimble, orgulhoso.

"Mas que coisa!", disse a sra. Smug, usando a frase predileta de seu falecido marido. "Você fez uma torta de coco completamente sozinho?"

"Com coco", falou Grimble.

"E você desmanchou a farinha na gordura?", perguntou a sra. Smug.

"Eu fiz exatamente o que o jornal dizia que eu deveria fazer", disse Grimble, e justo nesse momento tocou a sineta da escola e Grimble entrou correndo no prédio.

O professor fazia a chamada para ver quem estava presente. Ele falava o nome e *se* ninguém respondesse ele escrevia *s* ou *a* em seu papel, o que significava que o garoto em questão ou estava surdo ou ausente. Se o nome de algum garoto tivesse um *s* ou um *a* durante mais de uma semana, o professor mandava um médico até a casa dele. O médico sempre levava uma seringa auricular para o caso de o garoto estar surdo.

"Gamble?", chamou o professor.

"Presente, professor", disse um garoto.

"Glitter?"

"Aqui", respondeu outro.

"Green?"

Houve um silêncio.

"Vamos lá, Green", disse o professor. "Fale mais alto, menino, que não estou conseguindo ouvir."

Como nada aconteceu e ninguém disse nada, o professor escreveu *s ou a* ao lado do nome de Green e continuou: "Grimble".

"Estou aqui, professor", falou Grimble.

Naquela manhã a turma teria aula de história.

"Eu quero", disse o sr. Willow, o professor de história, "que vocês, meninos, escrevam os nomes de todos os reis e rainhas da Inglaterra enquanto eu fico sentado à minha mesa observando vocês. Não quero conversa, e o garoto que acabar por último terá que ficar na escola quando todo mundo for embora e consertar a bomba da minha bicicleta."

Cinco minutos depois, o sr. Willow dormia sentado em seu lugar enquanto os garotos faziam aviõezinhos de papel com as páginas de seus cadernos de exercício e os jogavam em todas as direções dentro da classe. Quando a sineta tocou, assinalando o fim daquela aula, o sr. Willow acordou e disse: "Muito bem. Que isso sirva de lição. Espero que tenham aprendido alguma coisa. Batalha de Waterloo, 1815. Magna Carta, 1215. Almoço, 13h15".

Como estavam numa terça-feira, o almoço era salsicha com purê, isso quando o almoço de segunda-feira não tinha sido salsicha com purê, porque nesse caso havia torta especial feita com o resto das salsichas da véspera picadinhas e cobertas com o resto do purê de batatas.

Nenhum dos outros garotos gostava muito da comida – provável razão pela qual tantos deles não frequentavam a escola –, mas Grimble gostava muito. Ele gostava de tudo na escola porque a escola era limpa e organizada e ele sempre sabia o que ia acontecer em seguida, o que era uma bela variação de sua vida em casa.

Depois do almoço, tinha esporte. Os garotos embarcaram num carrinho e foram levados até um campo de futebol ao lado de um bosque onde havia um gol no alto de uma colina. Alguns dos garotos mais velhos disseram que antes havia outro gol na outra extremidade do campo, mas que alguns anos antes, na noite de Guy Fawkes, alguém amarrara um foguete na trave do gol e a geringonça toda disparara para o alto e ninguém sabia onde aterrissara.

Como as lojas não vendem gols individuais, só em pares, e como sua escola era sensata demais para comprar dois gols e ficar com um sobrando sem utilidade nenhuma, eles jogavam um jogo chamado Mano a mano. Era exatamente como futebol, com a diferença de que no primeiro tempo onze garotos ficavam na frente do gol e os outros onze chutavam a bola na direção deles, e no segundo tempo todo mundo trocava de lado. O time que marcasse mais gols era declarado vencedor e recebia autorização para ir para casa sem precisar tomar banho. Como o time de Grimble perdeu por 61 x 2, a sra. Turtle, diretora dos jogos, reteve todos eles na escola até bem tarde, e quando Grimble chegou em casa o telegrama já estava no capacho da entrada havia tanto tempo que suas bordas estavam começando a ficar enroladas. Ele abriu o envelope e tomou conhecimento da mensagem: PENSANDO EM VOCÊ. RECADO NO ARMÁRIO DE ROUPAS. NÃO SE ESQUEÇA DOS DENTES. BEIJOS PAPAI E MAMÃE.

Aquilo sim, tinha cara de telegrama, pensou Grimble. Subiu, foi até o armário e passou algum tempo remexendo a roupa até que afinal encontrou o bilhete no bolso do seu calção de banho. Estava escrito com tinta verde num biscoito bem grande e dizia: NÃO COMA ESTE BISCOITO PORQUE COMER TINTA VERDE FAZ MAL PARA A SAÚDE. BEIJOS PAPAI E MAMÃE. Se isso for uma brincadeira de adulto, fico feliz por ser criança, pensou Grimble, depois escovou os dentes irritado e examinou a lista de pessoas que seus pais haviam mandado ele procurar se precisasse de alguma coisa.

Ele gostava bastante da casa da família Mosquito onde estivera na véspera, só que ao sair de lá deixara a cozinha completamente cheia de coisas para lavar – e coisas para lavar (e marzipã) eram duas coisas que ele detestava. De modo que achou melhor verificar quem eram os próximos da lista.

Os próximos eram os Featherstone, que viviam logo ao lado numa casa que já havia pertencido a um mágico repleta de velhos chapéus de seda e de coelhos deixados para trás e que vinham dos tempos em que o velho era ilusionista. O coronel Featherstone era grisalho e impetuoso e tomava conta do exército. Sempre que ele recebia um marechal de campo para jantar e descobria que em vez de um só guardanapo seus convidados ganhavam oito guardanapos de seda amarrados uns nos outros com nós que ninguém conseguia desatar, não achava a menor graça na coisa. A sra. Featherstone era uma senhora gentil que fazia bolinhos para o marido para tentar deixá-lo mais feliz, mas Grimble tinha a impressão de que o estratagema não dava muito certo. Às vezes, na hora de ir para a cama, ouvia os dois discutindo.

"Desculpe, querido", dizia a mulher do coronel.

"Atenção!", gritava o coronel. "Esquerda volver, marcha acelerada, alto, meia-volta!"

Parecia meio esquisito viver daquele jeito. Quando Grimble chegou à porta da frente da casa deles, teve o prazer de verificar que os dois estavam à sua espera.

GRIMBLE, dizia o bilhete amarrado ao papagaio empalhado que funcionava como campainha, ENTRE. MARCHA ACELERADA, DIREITA VOLVER, ALTO. CONTINÊNCIA AO VER UM OFICIAL.

Grimble entrou e quando viu estava fazendo continência para o fogão a gás, ao qual estava preso um bilhete que dizia: GRIMBLE, DESCANSAR. COMA FRIOS E SALADA. MUITO BEM.

Sobre a mesa havia um pernil de alguma coisa que bem poderia ter sido um elefante mas que provavelmente era boi. Também havia alface e tomate e pepino e beterraba e rabanete e vinagre e azeite e sal e suco de limão.

Sobre uma prateleira havia uma caixa de ovos e um livro chamado *Manual do Exército a Respeito de Ovos.*

Grimble apoiou o livro em um dos alfaces e começou a ler:

Atenção, dizia a primeira frase. *Isto é um ovo.*

LIÇÃO 1: *Este ovo é um ovo duro?* Grimble olhou para o ovo e disse: "Não sei". *Muito bem*, dizia o livro, *gire-o como se ele fosse um pião; se ele ficar em pé é porque foi fervido. Se for se desequilibrando devagar é porque a gema está chacoalhando lá dentro e o ovo está cru.*

Grimble girou os ovos e verificou quais estavam crus e quais estavam cozidos.

LIÇÃO 2: *Quebre os ovos e veja se sua resposta estava correta.* Aquilo ia ser divertido. Pegou as pilhas de ovos crus e de ovos cozidos e verificou quantas vezes havia se enganado.

LIÇÃO 3: *Como obter um ovo duro partido ao meio. Segurar a faca com a mão direita. Segurar o ovo com a mão esquerda. Comprimir o ovo com a faca.*

LIÇÃO 4: *Como fazer molho para salada conhecida pelo nome de maionese.*

Depois de fazer a maionese, Grimble mergulhou nela as metades de ovo cozido e comeu. Como ainda havia páginas e mais páginas de manual para ler, resolveu ir direto para o fim do livro porque, em geral, se você vai direto para a última página chega à melhor parte.

Quando foi para a última página viu que estava escrito: ATENÇÃO, GRIMBLE. LIMPE A BOCA COM O GUARDANAPO. VÁ PARA A CAMA.

Ele se levantou, fez uma elegante continência e saiu da casa do coronel Featherstone.

Ao chegar em casa escovou os dentes, fez suas orações e estava quase adormecendo quando se lembrou dos deveres. Tinha que escrever um poema sobre um cavalo. Sendo assim, pegou uma folha de papel e escreveu:

Em seguida foi para a cama.

QUARTA-FEIRA

Quarta-feira era o dia predileto de Grimble. Quando seus pais estavam em casa, seu pai costumava dizer: "Segunda-feira não tem muita graça porque é o começo da semana, e nas sextas-feiras não dá para começar nada porque não vai dar tempo de terminar, mas quarta-feira é um bom dia". Toda quarta-feira, Grimble costumava acordar cedo e buscar roscas quentinhas na padaria, depois ele e o pai cozinhavam *bacon* e faziam ovos mexidos com torrada e tomavam limonada gasosa.

Depois davam uma olhada nos jornais.

O pai lia as manchetes e Grimble tentava adivinhar a primeira linha.

"Guerra de pequenas dimensões na Ilha Pinguim", lia o pai.

"Um pinguim com ferimentos leves", arriscava Grimble.

"Cristal Palace Futebol Clube vence o Manchester United", lia o pai.

"Treinador do Cristal Palace desmaia", arriscava Grimble.

"Eu menti', diz político", lia o pai.

"Isso não pode ser manchete", dizia Grimble. "Parece notícia de todo dia."

Em seguida Grimble ia para a escola e seu pai voltava para a cama "me poupando para alguma coisa importante", como ele costumava dizer. Uma vez, quando Grimble voltou da escola, o pai continuava na cama, profundamente adormecido. Grimble achou que ele devia estar se guardando para alguma coisa extremamente importante.

Quando acordou naquela quarta-feira, Grimble mal tinha começado a sentir o "Ah, que bom, hoje é quarta-feira" quando se lembrou de que o fato não era tão bom assim – porque seus pais continuavam no Peru e não teria a menor graça comer rosquinhas quentes sozinho; além disso, não sabia cozinhar *bacon*.

Até que *havia* algumas garrafas de limonada gasosa num armário, mas ele só bebia limonada gasosa para agradar o pai. Grimble preferia mil vezes café preto sem açúcar.

Levantou-se, vestiu a roupa e encontrou a lata de bolo com dinheiro no forno, pegou duas moedas e comprou duas barras de chocolate branco. Comeu as duas a caminho da escola, tomando cuidado para não chegar cedo demais e ser fisgado pela sra. Smug, a faxineira.

Depois de responder à chamada, Grimble entrou na sala para ter aula de geografia. Gostava muito de geografia e no momento estava particularmente interessado na matéria porque achava que talvez fosse aprender alguma coisa sobre o Peru, mas o sr. Tottenbrough, o professor de geografia, disse: "Bom dia, meninos, hoje vou dar uma aula sobre a cidade de Birmingham, na Inglaterra". Grimble respondeu: "Bom dia, professor, o senhor acha que em vez disso poderia nos ensinar alguma coisa sobre o Peru?". Mas o sr. Tottenbrough falou: "Silêncio, garoto. Nunca dou aula sobre países da América do Sul às quartas-feiras. Você já deveria saber disso. São vinte linhas". Vinte linhas significava que Grimble teria que escrever vinte vezes *O sr. Tottenbrough nunca dá aula sobre países da América do Sul às quartas-feiras*.

Em seguida, por uma hora e meia ouviu todo tipo de informação sobre Birmingham, por uma hora e meia multiplicou coisas e dividiu outras coisas, e por quarenta e cinco minutos comeu salsicha com purê e mussingau de chocolate.

À tarde a turma foi até a piscina. A piscina era nova e pertencia a um pessoal chamado Assembleia que passava o tempo todo mandando cartas à escola de Grimble pedindo para os meninos não fazerem tanto barulho e espalharem menos água e tentarem se lembrar de que há outras pessoas querendo nadar. O próximo sábado seria o dia dos esportes, e a escola de Grimble precisava escolher os grupos que participariam das diferentes modalidades de natação. Grimble era muito bom em nado borboleta para menores de onze anos, mas como estavam querendo que apenas seis garotos participassem da final e havia sete especialistas em nado borboleta para menores de onze anos, houve uma competição para ver quem ficaria por último e não nadaria no sábado.

Os sete garotos entraram na piscina na parte funda e um homem disse preparar, posicionar, partir, e o garoto que estava ao lado de Grimble, um garoto chamado Blatt, deu uma braçada borboleta muito ampla e profunda, veio à tona depois de engolir um monte de água, bateu a cabeça na raia e afundou.

Quando Grimble se deu conta de que não havia mais necessidade de gastar um monte de energia em *não* ser o último dos sete, já que agora só restavam seis nadadores, começou a nadar bem devagar e chegou em sexto lugar.

"Os garotos que participarão da final de natação no sábado", berrou o treinador de natação – e leu cinco nomes mais o de Grimble.

Naquela tarde ao chegar em casa procurou um pedaço de papel e escreveu um telegrama: GRIMBLE PERU. DENTRO FINAL NADO BORBOLETA MENORES ONZE ANOS SÁBADO. IMPORTANTE VOCÊS ASSISTAM BEIJOS GRIMBLE, depois levou o papel até a agência do correio assim como sua tigela de moedas e lá lhe disseram: "Pode acrescentar algumas palavras porque a tarifa mínima para um telegrama para o Peru é quinze contos".

Depois Grimble voltou para casa para verificar qual era o próximo nome da lista que seus pais haviam deixado para ele. Seria legal, pensou, se alguma das famílias estivesse em casa quando ele chegasse para jantar.

O terceiro nome da lista era uma tia de Grimble: tia Percy. Nome esquisito para uma tia, dirão vocês. Acontece que o verdadeiro nome de Percy era Persimmon, mas como desde pequena todos a chamavam de Percy, aparentemente não havia razão para alterar as coisas agora que ela já era uma tia de meia-idade. Tia Percy morava num apartamento tão parecido com todos os outros apartamentos do edifício que a única maneira de reconhecer o dela era pela cor da porta da frente.

No começo, logo que os apartamentos foram construídos, a cor da porta de tia Percy era camurça – que na verdade é uma não cor, uma espécie de marrom que tenha tomado chuva e vento – e todos os outros apartamentos haviam escolhido cores como vermelho ou azul-vivo ou amarelo-claro ou verde.

O problema era que agora, alguns anos depois da construção dos apartamentos e depois de todos eles tomarem chuva e vento, as outras portas tinham ficado mais ou menos da cor que tia Percy escolhera no começo.

Vendo isso, os moradores dos apartamentos fizeram uma reunião e resolveram que todos deveriam escrever do lado de fora de cada porta os nomes das pessoas que viviam do lado de dentro. Tia Percy ficou muito brava com essa decisão e disse: "Eu fui a única que escolheu uma cor que agora todo mundo copiou, e se ninguém consegue encontrar vocês, a culpa é de vocês mesmos. Não há a menor possibilidade de que eu escreva meu nome na porta do meu apartamento. Todos os meus amigos sabem que eu moro atrás da porta camurça".

Os moradores dos outros apartamentos disseram que tia Percy tinha toda a razão; e agora, além de escreverem seus nomes em suas portas camurça, eles acrescentaram a informação TIA PERCY NÃO MORA AQUI.

Com isso, tia Percy morava no apartamento que não tinha nada escrito. Grimble passou por todas as portas com nomes escritos e finalmente chegou à que não tinha nada escrito e bateu de leve. Como ninguém respondeu, empurrou a porta e ela se abriu sem dificuldade.

Todos os apartamentos eram iguais, claro, e Grimble achou que o único jeito de ter certeza de que aquele apartamento era mesmo o de sua tia seria entrar no quarto e verificar se o tapete e as cortinas e os lençóis eram cor de camurça. Foi lá, olhou, e eles eram. Além disso, numa fronha cor de camurça estava espetado um bilhete: BEM-VINDO GRIMBLE. FUI OBRIGADA A ME AUSENTAR MAIS OU MENOS POR UMA SEMANA PORQUE PRECISAVA BUSCAR PEIXE PARA O GATO. NA COZINHA TEM BATATAS E UMA FACA E TAMBÉM UM LEITE BASTANTE RAZOÁVEL QUE EU CONSEGUI EM 1967. P.S.: 67 FOI UM ANO ÓTIMO PARA O LEITE.

Na cozinha, Grimble encontrou as batatas num saco de papel pardo. Apoiou nelas o livro de receitas cor de camurça e começou a ler.

O livro de receitas havia sido escrito por uma mulher e estava cheio de um papo de mulher extremamente chato:

Oi Grimble querido, estava escrito na primeira página, *espero que você goste muuuuito deste livrinho de receitas que eu mesma escrevi pensando em você. Se você estiver confortavelmente sentado com as perninhas posicionadas embaixo de sua cadeirinha, quero que leia tudo bem direitinho porque assim estará habilitado a preparar ótimos quitutes com batata, não é mesmo?* Grimble virou a página e chegou ao capítulo dois. *Para que as batatas fiquem cozidas*, escrevera a mulher chata, *elas precisam ferver durante mais ou menos vinte minutos porque batatas são uma coisa bastante grande e a aguinha fervente precisa de todo esse tempo para fazer a mágica de deixar a parte de dentro delas bem molinha.*

Grimble não chegou a bufar porque era muito educado, mas rangeu os dentes e pegou uma batata.

"Pensando bem, querida batatinha", disse ele, "se são necessários vinte minutos para fazer a mágica de deixar você macia com água fervente, que tal a gente..." e puxou uma faca de dentro de uma gaveta, cortou a batata ao meio e disse: "Agora, querida batatinha – e você também, outra metade da batatinha –, só são necessários dez minutos". Pensou um pouco mais no assunto e cortou as duas metades da batata pela metade e disse: "Cinco minutos", depois outra vez pela metade e disse: "Um minuto e quinze segundos".

Pôs um pouco de água para ferver e quando a água começou a borbulhar jogou os pedaços de batata, controlou o tempo no ponteiro grande de seu relógio e passados um minuto e quinze segundos retirou os pedaços de batata e verificou que não tinham cozinhado direito.

Resolveu dar outra oportunidade à mulher, abriu o livro de receitas bem no meio e achou uma receita de panqueca de batata.

Antes de mais nada, querido Grimble, leu, *sinto muito, muito mesmo, pelas batatas cozidas... Ah, que bobagem da minha parte. Espero que na próxima vez a gente tenha mais sorte. Você vai precisar de uma batata, um pouco de leite, um pouco de farinha, um pouco de manteiga e um ovo...*

Mesmo com o leite de 1967,* a panqueca de batata ficou ótima. Grimble sentou-se à mesa cor de camurça e comeu usando um garfo que tinha quatro dentes de um lado e um lápis do outro. Achou aquela ideia ótima, por isso quando acabou de comer virou o garfo e fez os deveres.

Ele precisava escrever um poema sobre as mulheres, e escreveu:

* Este conto foi publicado originalmente em 1968. Ou seja, na história, o leite está vencido em um ano. [N.E.]

E como ele ainda estava com muita vontade de escrever e seus poemas nunca tinham mais de quatro linhas, escreveu um bilhete para sua tia Percy.

QUERIDA TIA, PREPAREI UMA PANQUECA DE BATATA; OBRIGADO POR SE ENCARREGAR DA LOUÇA. ESPERO QUE VOCÊ CONSIGA BONS PEIXES. BEIJOS, GRIMBLE.

Depois voltou para casa, foi se deitar e sonhou com amendoins torrados.

QUINTA-FEIRA

Grimble nunca dormia muito bem; antes de aprender a ler ele costumava ficar deitado na cama torcendo um pedaço de tecido macio ao redor dos dedos para criar formas diferentes. Depois que começou a ler, costumava esperar até o dia clarear; depois que ganhou uma lanterna de Natal, sempre que acordava no meio da noite acendia a lanterna e ficava lendo embaixo das cobertas. Gostava de livros grossos sobre batalhas e guerras.

Quando crescesse, Grimble também ia escrever um livro. O livro seria sobre como as crianças passam um tempo enorme na cama e sobre o grande desperdício de ir dormir quando a pessoa pode ficar lendo sobre a luta entre Aníbal e César, por exemplo, ou sobre o fato de que os tanques não têm volante mas têm freios dos dois lados, de modo que se você quiser ir para a esquerda é só apertar o freio esquerdo, porque aí o lado direito do tanque ultrapassa o esquerdo e você vira na direção oposta.

Quanto o relógio marcou oito horas na quinta-feira de manhã, Grimble quase não tinha dormido e estava se sentindo indisposto... Trocando em miúdos, estava entre OK e irritado.

Quando seus pais ainda estavam em casa, uma vez ele entrara no quarto deles e anunciara: "Não estou me sentindo muito bem", e seu pai dissera: "Você está visivelmente indisposto e não pode ir para a escola". O pai mandara um bilhete para a escola dizendo: GRIMBLE MAL. ASSINADO PAI GRIMBLE.

Como seu pai estava viajando e era Grimble quem tinha que tomar suas próprias decisões, ele resolveu que não estava se sentindo bem e que por isso não podia ir à escola, e escreveu um bilhete. Era um bilhete bem curto, escrito com capricho, dizendo: EM MINHA OPINIÃO, GRIMBLE NÃO ESTÁ SE SENTINDO TÃO BEM QUE DÊ PARA IR À ESCOLA.

Embaixo escreveu um nome impossível de ler, como fazem os adultos. Pôs o bilhete num envelope, endereçou-o à diretora da escola e saiu para entregá-lo. Quando chegou aos portões da escola, o professor estava justamente fazendo a chamada, havia chamado Glum, Gray...

"Grimble", chamou ele.

"Ausente, senhor", disse Grimble agitando o envelope na direção do homem. Mas o professor não prestou a menor atenção, continuou lendo os nomes, fechou seu caderno e entrou na escola. Com isso Grimble enfiou o envelope no bolso e ficou na escola. Achou aquilo altamente injusto. Depois de algum tempo sentiu-se feliz por ter ficado na escola, já que a srta. Fishnet, professora de religião, estava doente e os alunos foram para o pátio e jogaram uma partida de futebol e ele marcou três gols, dois deles com o pé esquerdo e o outro mais ou menos com o joelho. Futebol no pátio era um jogo excelente porque enquanto você jogava podia ver todos os outros garotos sentados em suas classes fazendo lição.

À tarde tiveram aula de francês. Monsieur Boudin era o professor de francês; ele pronunciava os nomes de todos os garotos em francês. Grimble virava Grimbell, com um "erre" esquisito, pronunciado na garganta.

“E então, Grimbell”, disse Monsieur Boudin. “Fale francês.”

“*Oui, Monsieur*”, disse Grimble, porque fazia pouco tempo que começara a aprender aquela língua e ainda não fora muito além de “*Oui, Monsieur*” e “*Non, Monsieur*”, ou seja, “Sim, senhor” e “Não, senhor”, e, visivelmente, das duas frases que sabia, “*Oui, Monsieur*” era a que sabia melhor.

“Como se diz ‘um cachorro’ em francês?”, perguntou Monsieur Boudin.

Grimble detestava ser obrigado a dizer “Não sei”, por isso soltou um: “*Auau*”. Monsieur Boudin era um pouco surdo, de modo que respondeu: “Outra vez”, e Grimble, achando que estava perto da resposta correta, repetiu: “*Auau auau*”.

“*Un chien*”, disse o professor de francês. “Escreva: *chien*. E aproveite para também escrever *chat*, que significa ‘gato’. Escreva essas palavras diversas vezes para que eu possa tirar um cochilo.”

Grimble achou que quando crescesse podia virar professor e dormir durante o dia – assim poderia passar a noite inteira lendo.

Ao chegar em casa da escola naquela tarde havia um telegrama sobre o capacho. Dessa vez a mensagem não era nada obscura. Dizia: VOLTANDO PARA CASA NOITE SEXTA-FEIRA. AVISAR LEITEIRO LEMBRAR DENTES. Grimble se sentou e concluiu que aquilo significava mais um jantar naquela noite; no dia seguinte, café da manhã, tiras de peixe frito e jantar, e aí seus pais chegariam.

Foi para o quintal, chutou quarenta e três vezes a pênalti com o pé esquerdo, depois resolveu arrumar sua cama. Arrumar cama era um costume altamente desnecessário. Para Grimble, na verdade para todas as pessoas com um pouco de bom senso, dá no mesmo ver uma cama com os lençóis torcidos e espalhados e um ou dois travesseiros no chão e outra bem esticadinha e perfeitamente arrumada. Além disso, é muito mais fácil entrar numa cama em que ninguém tocou depois que se saiu dela, mas como os adultos dão uma enorme importância a essa história de arrumação, Grimble costumava arrumar a cama uma vez por semana mais ou menos. Era uma ótima ideia, aliás, porque muitas vezes ele encontrava na cama coisas que havia perdido e que já desistira de encontrar – como a calça do pijama e, uma vez, um sanduíche de manteiga de amendoim que estava embaixo do travesseiro e que tinha se eclipsado completamente de sua memória, embora tivesse achado que a cama estava com um cheiro levemente estranho.

Depois de arrumar a cama, moldou um cachorro salsicha com o plástico que havia encontrado e foi olhar qual era o próximo nome na lista de pessoas que lhe forneceriam jantar: CHEFE DE ESTAÇÃO WHEELER NA ESTAÇÃO FERROVIÁRIA.

Acho que ainda não comentei que a casa de Grimble ficava bem perto da estação e que os trens passavam por ela fazendo muito barulho. A questão é que quando você mora num lugar assim, você se acostuma tanto com o barulho que nem se dá conta de sua existência. Uma vez houve um acidente na linha férrea e os trens pararam de passar; Grimble acordou assustado, dizendo: "O que aconteceu?".

Seu pai viera acalmá-lo e explicara: "Não é nada. Só falta de barulho". A estação ficava no fim da rua e o sr. Wheeler era o responsável por ela. Na estação havia duas lojinhas; uma delas vendia jornais e a outra coisas de comer – como salgados de salsicha vencidos e sanduíches embrulhados em papel, como se ninguém acreditasse que alguém algum dia fosse desembrulhá-los. Também havia uma máquina com uma tabuleta que dizia *Bilhetes de acesso para a plataforma 2d*, mas *2d* havia sido riscado e substituído por *3d*.

Grimble não entendia por que o preço do bilhete de acesso à plataforma tinha subido, já que sua única utilidade era permitir que a pessoa ficasse parada numa plataforma; o sr. Wheeler explicara que provavelmente era porque agora você fica mais tempo na plataforma, visto que os trens demoram mais a chegar.

Do lado de fora da estação havia uma tabuleta dizendo: AQUI É A ESTAÇÃO. O CHEFE DA ESTAÇÃO É O SEU AMIGO SR. WHEELER.

Infelizmente o amigo chefe da estação saíra. Grimble foi até a máquina, comprou um bilhete de acesso à plataforma e o procurou por toda parte. A sala de espera estava vazia. Não havia ninguém no guichê de venda de bilhetes e tanto a loja de jornais como a dos sanduíches velhos enrolados estavam vazias. Havia uma tabela de horário de trens presa à parede e nela estava pregado um bilhete: GRIMBLE. FUI FALAR COM UM HOMEM SOBRE UM MOTOR. VÁ ATÉ A MESA SINALIZADORA. P.S.: BEM-VINDO.

A mesa sinalizadora ficava na ponta da plataforma e era cheia de alavancas para que o sinaleiro pudesse puxar uma alavanca e fazer o trem virar para a direita ou para a esquerda ou ir direto em frente, dependendo do lugar para onde se destinava. Num dos cantos da mesa sinalizadora havia uma caixa de metal cheia de comida, um fogareiro a gás e uma panelinha. A caixa com a palavra *Comida* tinha um cadeado e na fechadura do cadeado havia um bilhete dizendo: CHAVE EMBAIXO DA CAIXA.

Grimble achou que era tolice esconder a chave num lugar tão óbvio e depois deixar um bilhete: assim qualquer um podia encontrá-la. É verdade que aquela estação era muito pequena. Provavelmente o sr. Wheeler não era um homem muito inteligente, do contrário teria conseguido chefiar uma estação realmente grande, como Birmingham.

Quando abriu a caixa, encontrou uma lata de presuntada e uma lata de torradas e uma lata de chocolate e uma lata de açúcar. Havia ainda uma lata de sardinha e um saco de farinha de trigo e uma garrafa de uma bebida marrom de cheiro muito forte. A garrafa estava quase vazia e só deveria ser utilizada em caso de emergência, segundo o rótulo.

Como a garrafa era muito grande e havia pouquíssimo líquido dentro dela, Grimble percebeu que devia ter havido muitos casos de emergência. Na caixa também havia um livro chamado *Manual do sinaleiro*. Grimble sentou-se e começou a ler. Era um livro muito chato, e ele decidiu que quando crescesse não seria sinaleiro de jeito nenhum.

Com isso, voltou ao assunto do jantar. Depois de tirar todas as latas e colocá-las em fila, percebeu que estava faltando alguma coisa. Chocolate, açúcar, presuntada, sardinha, torradas, farinha. Estava faltando alguma coisa úmida. Tipo molho. Quando você come presuntada, rega com molho de tomate.

Quando come sardinha... molho de tomate. Torrada... bem, molho de tomate... ou qualquer outro tipo de molho.

Grimble pegou um pedaço de papel e fez um plano: poderia jantar (e um homem precisa de molho para acompanhar sua comida) presuntada com molho de sardinha ou sardinha com molho de presuntada ou, e essa ideia parecia bem melhor... com molho de chocolate.

Abriu o *Manual do sinaleiro* e consultou a letra *C*. Havia um capítulo sobre conexões, outro sobre carvão para motores e um bem comprido sobre cálculo de tempo, e lá embaixo, no fim da página, havia um título em letra miúda: "*Chocolate, molho de*". Ele estava mesmo com muita sorte.

Molho de chocolate, dizia o livro, *é delicioso independente da maneira como é preparado, mas chocolate misturado com açúcar, farinha e água não tem erro.* Ora, por um acaso do destino, chocolate, açúcar, farinha e água era exatamente o que havia ali.

Grimble pôs uma certa quantidade de chocolate na panela, provou e disse: "Não há dúvida: precisa acrescentar água para que fique úmido e possa virar molho", mas com água ficou muito ralo, então ele achou que a farinha seria útil para engrossar o molho, e como gostava de coisas doces, acrescentou açúcar.

Levou a panela ao fogo e resolveu fazer os deveres. Tinha que escrever uma carta a um tio agradecendo por ele mandar dez contos e falando o que ia fazer com o dinheiro.

QUERIDO TIO, escreveu ele, FOI MUITA BONDADE SUA ME MANDAR DEZ CONTOS, QUE AGRADEÇO. ACHEI AQUELA NOTA DE DEZ CONTOS MUITO BONITA. MINHA COR PREDILETA É O MARROM. VOU TROCAR A NOTA E COLOCAR DOIS CONTOS NO BANCO, GASTAR MAIS OU MENOS UM CONTO EM COISAS PARA MIM, POR EXEMPLO EM BALAS, E DEPOIS RESOLVER O QUE VOU FAZER COM O RESTO DO DINHEIRO. GOSTO DE DINHEIRO E JÁ TENHO UM MONTE. ESPERO

QUE VOCÊ ESTEJA MELHOR DAQUELA TOSSE FEIA. OBRIGADO DE NOVO. GRIMBLE.

Quando ele acabou de escrever a carta, uma coisa muito estranha acontecera com o molho de chocolate. O molho estava estalando um pouco e fazendo bolhas que explodiam e respingavam no *Manual do sinaleiro*. Grimble achou que o livro bem que merecia, porque se tivesse dito *mexer o molho*, aquilo nunca teria acontecido. O que estava acontecendo com o molho de chocolate era que a parte de baixo tinha queimado e a de cima não estava nem muito quente, porque se você cozinha as coisas sem mexer, esse tipo de coisa acontece.

Na verdade, Grimble achava molho de chocolate queimado uma coisa ótima. Provou um pouco com sardinha, depois com um pedaço de presuntada. Pensando bem, achou que combinava mais com as torradas. Como havia muita coisa para lavar e enxugar, lembrou-se de que havia prometido aos pais sempre ir cedo para a cama, e como estava cedo, foi para casa. Só faltava mais um dia: provavelmente amanhã, quando voltasse da escola, seus pais já estariam à sua espera. Quem sabe até fosse seu aniversário.

SEXTA-FEIRA

Na sexta-feira, Grimble levantou muito cedo e saiu para dar às pombas o que restava dos sanduíches que tinham ficado no forno; os sanduíches estavam muito estragados e com um gosto péssimo, mas as pombas, além de não saberem se comportar à mesa, não tinham frescuras para comer. Ofereceu à pomba mais gorda um sanduíche de geleia de damasco feito cinco dias antes e se escondeu atrás de uma árvore com a jaqueta na mão, pronto para capturá-la. A pomba veio andando, olhou para o pedaço murcho de pão, bicou-o, e bem nesse momento Grimble atacou.

A pomba deu uma passada rápida para um dos lados e Grimble aterrissou no sanduíche. Depois de retirar cuidadosamente a geleia grudada na parte de dentro da sua jaqueta, resolveu tomar café da manhã fora.

O molho de chocolate da véspera fora interessante, mas estava com vontade de comer alguma coisa especial antes de encarar as tiras de peixe frito das sextas-feiras e achou que um sanduíche de *bacon* seria uma boa pedida.

A loja de jornais da esquina estava invariavelmente tão vazia que sempre era possível comprar qualquer coisa que passasse pela cabeça da pessoa. Grimble pediu: "Bom dia, seria possível pregar um botão em minha jaqueta? Também preciso de um lenço limpo e de um sanduíche de *bacon* enquanto dou uma olhada no jornal". A mulher respondeu: "Claro, estou aqui para isso", e Grimble leu *Férias escolares começarão em breve* num dos jornais e *Férias escolares acabam de começar* em outro. Os jornais não mentem, lhe explicara seu pai; eles inventam a verdade.

Como suas férias escolares começavam naquela tarde depois da escola, fez uma pequena anotação na barra da camiseta sobre qual dos jornais falava a verdade e qual não falava, depois leu sobre futebol. Seu time perdera na véspera e estava em último lugar. A mulher da loja voltou com sua jaqueta e com o sanduíche enrolado num lenço. Ela era meio boba; ele assoou o nariz, comeu o sanduíche, entregou um conto à mulher, dobrou o jornal, verificou que agora ele possuía uma boa quantidade de impressões digitais de *bacon*, enfiou-o embaixo da pilha e foi para a escola.

O último dia do semestre escolar era um dia especialmente bom. Nada do que acontece no último dia conta, porque os professores já fizeram seus relatórios e, se um aluno for retido depois das aulas, não pode ficar na escola porque a escola fecha. Não há aula propriamente dita, só professores conversando e resolvendo quebra-cabeças e mandando os alunos limparem suas carteiras e entregarem seus livros escolares. No semestre seguinte todos iriam para outra turma, exceto Dashwood, Piercey e Trugg, que teriam que repetir o ano porque Trugg não sabia contar, Dashwood não sabia qual era a diferença entre ler e escrever e Piercey tivera caxumba e só assistira à primeira aula do semestre – e depois, à última.

Grimble passou toda a manhã sentindo-se muito, mas muito bem, pensando em seus pais que deviam estar voltando do Peru; às onze horas, quando tomou seu leite, imaginou que naquele momento eles deviam estar passando por Birmingham. Na hora do almoço, imaginou que eles já deviam ter passado por Nova York, e quando a sineta tocou, concluiu que com o mundo girando numa direção e seus pais voltando na outra, eles poderiam até ter chegado ontem, só que tinham sido obrigados a esperar pelas bagagens no aeroporto.

Depois da escola ele correu direto para casa e gritou: "Cheguei!". Ninguém respondeu.

Foi até o quarto dos pais, porque quando eles chegavam de viagem às vezes iam direto para a cama; mas a cama estava vazia e o bilhete do primeiro dia continuava lá: CHÁ NA GELADEIRA, SANDUÍCHES NO FORNO. DIVIRTA-SE. "Divirta-se" era uma observação típica de adultos e não significava nada. Foi até a geladeira, retirou as garrafas de chá e despejou-as na pia. Sua mãe dizia que chá era uma coisa ótima para as crianças porque fazia suas barriguinhas ficarem de uma cor vermelho-dourada por dentro. Grimble não estava interessado em saber qual era a cor de sua barriguinha por dentro; não gostava de chá, e como tomava muito café e comia chocolate branco, achava que sua barriguinha provavelmente acabava ficando da cor certa.

Uma coisa que seria especialmente simpática, pensou, seria arranjar algum presente de boas-vindas para os pais. Foi até a lata de bolo e viu que mais ou menos um terço dela ainda continha moedas. Pegou um punhado e foi até a loja da esquina. "Boa tarde", disse à senhora boba. "Será que a senhora tem alguma coisa para eu dar de presente para duas pessoas que estão voltando do Peru?"

A mulher entregou a ele um mapa de ruas da cidade de Manchester e dois lápis, e perguntou: "Embrulho para presente?". Grimble disse: "Claro. Onde é que já se viu um presente que não foi embrulhado para presente?". A mulher embrulhou o mapa e os lápis, depois achou um cartão com as palavras *Hoje você está fazendo cinco anos*. Não era cem por cento adequado, mas não havia outro na loja, por isso Grimble comprou o cartão e escreveu BEM-VINDOS AO LAR no cartão e voltou correndo para casa.

"Cheguei!", gritou.

Nada de resposta.

Subiu as escadas correndo e olhou no quarto dos pais. Nada. Só o bilhete de divirta-se, de modo que desceu as escadas e olhou a lista de nomes. O último nome era a confeitaria da Madame Beryl.

Madame Beryl era uma amiga da mãe dele que às vezes aparecia e ficava conversando com ela sobre farinha que já vem com fermento de pão de uvas-passas. Ela era uma senhora muito gorda que cheirava a essência de baunilha. Uma vez Grimble entrara no banheiro e encontrara Madame Beryl em pé na balança com o ponteiro da balança apontando para *Jones and Co.*, que fica logo depois de 120 quilos, ou seja, o ponteiro havia feito a volta completa, partindo de cinco quilos.

A confeitaria de Madame Beryl ficava logo depois da estação; havia uma sequência de lojas vendendo peixe e roupa de criança e lâmpadas elétricas, depois vinha a confeitaria. Na vitrine da confeitaria viu um bilhete com as palavras VOLTO JÁ, e embaixo estava escrito GRIMBLE, A CHAVE DA PORTA ESTÁ NA PEIXARIA.

Assim sendo, ele entrou na peixaria e pediu: "Por favor, o senhor poderia me entregar a chave de Madame Beryl?", e o peixeiro respondeu: "Com fritas?".

"Sim, por favor", disse Grimble, "e um pouco de vinagre nas fritas. Não gosto muito de vinagre de malte. Mas gosto de sal."

Recebeu um saco enorme de fritas quentes e a chave da confeitaria, depois entrou na confeitaria e comeu as fritas. Eram batatas fritas especialmente benfeitas; depois de comer limpou os dedos no guardanapo e jogou o saco vazio no cesto de lixo a um canto da loja (errou a pontaria nas primeiras cinco tentativas), depois foi dar uma volta exploratória. A cozinha ficava nos fundos da loja; assim que entrou, Grimble se deu conta da razão pela qual a dona da confeitaria era tão gorda. O local estava completamente lotado de bolos e bolinhos e folhados e cucas e merengues e biscoitos de todos os tipos e docinhos decorados e minitortas recheadas e tortas de frutas. Nas prateleiras havia pacotes de fruta confeitada e latas de fruta em calda e sacos com diferentes tipos de açúcar e vidros com marmeladas e melados e xaropes... e uma ratoeira. Também havia um bilhete com as palavras GRIMBLE, FIQUE À VONTADE: SIRVA-SE. NOITES DE SEXTA-FEIRA COMBINAM COM TAÇA DE MORANGO COM BOLO E CREME. PARA MAIS INSTRUÇÕES, VER O LIVRO.

Abriu o livro na letra *T*. Havia sete páginas sobre tapioca e um capítulo sobre taça de morango com bolo e creme.

Ótima iguaria, dizia o livro. *Minha taça de morango com bolo e creme é uma mistura de fruta e creme e bolo e marmelada e geleia e açúcar e amêndoa e, caso você goste de creme de baunilha, creme de baunilha. Comer gelada.*

Grimble apoiou o livro de receitas no vaso de flores que estava sobre a mesa e verificou que um saco grande de fritas não deixa a pessoa com muita vontade de comer taça de morango com bolo e creme. Mas se Madame Beryl tinha se dado ao trabalho de reunir todos aqueles ingredientes para ele, ele realmente deveria preparar uma. Afinal de contas, a tarefa não parecia difícil.

Pegou algumas fatias de bolo, derramou calda de pêssego por cima, acrescentou alguns morangos e uma colherada de geleia, depois uma camada de creme de baunilha, depois creme de leite, depois misturou um pouco de amêndoa. Depois pensou: eu podia ter misturado merengue e criado minha própria receita... *Taça de morango à moda Grimble*... Depois podia escrever um livro de receitas e ficar rico e famoso, e quando passasse pela rua as pessoas apontariam para mim, dizendo: "Lá vai o inventor da *Taça de morango à moda Grimble*". Alguns perguntariam: "*O* Grimble?". E os outros responderiam: "É, o Grimble famoso por sua taça de morango".

Assim sendo, pegou uma espátula e ergueu uma parte do bolo com morango e creme e depositou o merengue embaixo, depois apertou tudo para que ficasse arrumadinho e pôs amêndoas nos buracos que fez com os dedos e o aspecto ficou sensacional. Como havia por ali uma grande quantidade de caixinhas vazias e como as fritas com vinagre continuavam ativas, o que o impedia de ficar com muita fome, resolveu levar o doce para casa. Poderia oferecê-lo a seus pais como presente de boas-vindas.

Quando chegou em casa, abriu a porta e gritou: “Cheguei!”. Ninguém respondeu, mas na entrada havia umas cinco malas que não estavam lá antes.

“Cheguei!”, gritou ele. “Grimble chama pais, câmbio!”

Ninguém respondeu.

Grimble subiu até o quarto e não viu sinal deles, embora o bilhete tivesse desaparecido. Desceu de novo as escadas e procurou no jardim, depois no quintal. Nem sinal – e depois entrou na cozinha. E lá estavam eles. Os três. Seu pai, sua mãe e sua

taça de morango com bolo e creme. Sentados bem quietinhos à mesa da cozinha, e o doce havia sido desembrulhado e dez velinhas inteiras e um ou dois tocos de vela estavam espetados no creme da cobertura, todos acesos.

"O Peru não é um bom lugar para bolos", disse seu pai. "Nunca vá ao Peru se quiser comer bolo. Não mesmo."

Grimble olhou para seu pai e para sua mãe e pensou: eles voltaram e eu estou de férias e amanhã vou ganhar algumas moedinhas para o café e vamos ler o jornal juntos e se eles levantarem antes do almoço pode ser que eu cozinhe alguma coisa para eles.

CAMARADAS DE BATALHA:
SPOONY-E & SPANDY-3
CONTRA AS HORDAS ROXAS
QUALIDADE KOCHALKA
Ei, ei. Spandy-3! Espere por mim.
Devagar!
Quem vamos enfrentar hoje?
POR JAMES KOCHALKA

NÃO EXISTE "NÓS".
EU LUTO SOZINHO.
Ah, vai!
Não é justo.
Também quero lutar.
VOCÊ!?
AS HORDAS ROXAS TE ESFOLARIAM VIVO!
ELES ABRIRIAM O SEU CRÂNIO E CHUPARIAM O LÍQUIDO DOS SEUS OLHOS!

Não, não fariam isso. Não se eu fechar meus olhos bem apertados!
Aí quando eles tentarem abri-los, você pode cortar as cabeças deles!
Aí eu bato neles com a minha colher.
Bom plano, hein?
SHHH!
OUÇA. ELES CHEGARAM CEDO.

glurgleblarglegarglefluRglegorgleblurgl
Esse som!
O que pode ser isso?!
AS HORDAS ROXAS!!!
BLARG!

BLURK
uia!
ATAQUE!
GLURF
Estou fechando meus olhos agora, que nem a gente falou!!!

PREPAREM-SE PARA MORRER!!!
GLURK
BLOOP
heee
Não estou preparado!
GURF

AHN!
RAZZLE
FLABBLE
GLORK!
bloog!
SHLORK!
GNORK!
SLAP
GLURG!
OPS!
FLURP

Está funcionando?!
Preciso fechar eles mais apertados?
FLARGLE
BLUG
GLURP
Está na hora de usar a colher?

WHAP
AU.
SNORPLE
BURP
HA HA

AGORA CHEGA!
ACHO QUE ESTÁ NA HORA DE UM...
GLOOOB
SHNIRK

... ATAQUE DE PUNHOS DUPLOS!
RARR!

smash!
BOOM

WUMP
ooops!
...
¡¡¡h!
GURK
SHPLOT
Toma isso!
E mais isso!
WHAP
WHAP

Ei, Spandy-3! Conseguimos! Eu com minha colher e você com o que quer que você faz!
Formamos um grande time, não acha?
NÃO.
FIM

PÁSSARO-DO-SOL

NEIL GAIMAN
ilustrado por Peter de Sève

Naquele tempo, no Clube Epicurista, eles formavam um grupinho refinado e turbulento. Eles sim sabiam se divertir. Eram cinco.

Um era Augustus Duas-penas McCoy. Tinha, sozinho, o tamanho de três homens que comessem por quatro e bebessem por cinco. Seu bisavô fundara o Clube Epicurista com o dinheiro ganho numa tontina que ele coletara integralmente com grande dificuldade, recorrendo aos métodos tradicionais.

Outro era o professor Mandalay, miúdo e trepidante e cinza feito um fantasma (e vai ver que era mesmo um fantasma; coisas bem mais estranhas aconteceram), que só bebia água e comia feito um passarinho em pratos do tamanho de um pires. Mas mesmo sem ser guloso, ele era refinado: Mandalay sempre comia a melhor parte de tudo que lhe era apresentado.

Outra era Virginia Boote, a crítica de comidas e restaurantes, que um dia já fora uma beldade mas que agora era uma grandiosa e magnífica ruína e que se deleitava com o próprio declínio.

Outro era Jackie Casanova, descendente (por vias transversas) do grande amante, *gourmand*, violinista e duelista Giacomo Casanova. Como o antepassado notável, Jackie Casanova tivera sua cota de corações partidos e comera sua cota de pratos memoráveis.

E por fim havia Zebedeu T. Arrastaperna, único entre os epicuristas que era completamente sem grana: sempre que havia uma reunião aparecia arrastando os pés, com a barba por fazer, vindo da rua. Vinha com uma garrafa de birita num saco de papel pardo, sem chapéu e sem paletó e, muitas vezes, de camisa rasgada, mas comia com mais apetite que todos os outros.

Augustus Duas-penas McCoy estava falando...

"Já comemos tudo o que há para se comer", disse Augustus Duas-penas McCoy, e em sua voz havia desânimo e uma ponta de tristeza. "Comemos abutre, toupeira e morcego."

Mandalay consultou a agenda. "Abutre tinha gosto de faisão podre. Toupeira parecia carniça de lesma. Morcego era extremamente semelhante a porquinho-da-índia doce."

"Comemos kakopo, aie-aie e panda gigante..."

"Ah, aquele bife de panda grelhado...", suspirou Virgina Boote, salivando só de lembrar.

"Provamos diversas espécies extintas há muito tempo", disse Augustus Duas-penas McCoy. "Comemos mamute congelado e preguiça-gigante da Patagônia."

"Se a gente tivesse conseguido o mamute um pouco antes", suspirou Jackie Casanova. "Mas entendi por que os elefantes peludos desapareciam tão depressa depois que as pessoas provavam de sua carne. Sou um homem de prazeres elegantes, mas bastou uma dentada para eu não pensar em mais nada senão em molho de churrasco de Kansas City e no sabor que teriam as costelas daqueles bichos se estivessem frescas."

"Não há nada de errado com passar um milênio ou dois no gelo", disse Zebedeu T. Arrastaperna. E riu. Seus dentes podiam ser tortos, mas eram fortes e afiados. "Mas em matéria de sabor, nada melhor que o velho e bom mastodonte. Mamute sempre foi o prêmio de consolação das pessoas quando elas não conseguiam encontrar mastodonte."

"Já comemos lula, lula-gigante e lula colossal", listou Augustus Duas-penas McCoy. "Comemos lemingues e tigres-da-tasmânia. Comemos pássaros-construtores de cetim e hortolana e pavão. Comemos peixe-delfim (que é diferente do mamífero delfim) e tartaruga-gigante do mar e rinoceronte-de-Sumatra. Comemos tudo o que há para comer."

"Bobagem. Há muitas centenas de coisa que ainda não provamos", disse o professor Mandalay. Milhares, talvez. Pense em todas as espécies de besouro que há no mundo e que ainda não provamos."

"Ah, Mandy", suspirou Virginia Boote. "Depois que você prova um besouro, acabou a novidade. E todos nós já provamos várias centenas de espécies. Pelo menos os besouros rola-bosta têm um gostinho bem especial..."

"Engano seu", disse Jackie Casanova, "aquilo eram as bolas que eles fazem. Os besouros propriamente ditos não tinham a menor graça. Mas entendo seu ponto de vista. Atingimos os píncaros da gastronomia, mergulhamos nas profundezas da gustação. Viramos cosmonautas explorando mundos jamais sonhados de deleite e glutonaria."

"Verdade, verdade, verdade", concordou Augustus Duas-penas McCoy. "Já faz mais de cento e cinquenta anos que o Clube Epicurista se reúne uma vez por mês: se reunia no tempo do meu pai, no tempo do meu avô e no tempo do meu bisavô. E agora estou achando que o clube vai ter que encerrar suas atividades, já que não há mais nada que nós ou nossos predecessores não tenhamos comido."

"Pena que eu não estava aqui na década de 1920", lamentou Virginia Boote, "quando o Homem constava legalmente do cardápio."

"Só depois de eletrocutado", disse Zebedeu T. Arrastaperna. "Quando já estava semifrito, chamuscado, bem crocante. Nenhum de nós se apaixonou por carne humana, com exceção de certa pessoa que já tinha essa inclinação e que saiu do clube pouco depois do evento."

"Ah, Crusty, *por que* você precisa fingir que estava lá na ocasião?", perguntou Virginia Boote com um bocejo. "Qualquer um percebe que você não é tão velho assim. Não acredito que você tenha mais de sessenta anos, mesmo considerando os estragos do tempo e da sarjeta."

"Ah, é verdade, os estragos são imensos", disse Zebedeu T. Arrastaperna. "Mas não tão profundos quanto você imagina.

De todo modo, há uma enormidade de coisas que ainda não comemos."

"Cite uma", disse Mandalay, com o lápis posicionado com precisão na caderneta.

"Bem, tem pássaro-do-sol da Cidade do Sol", disse Zebedeu T. Arrastaperna. E abriu o rosto naquele seu sorriso torto, de dentes partidos mas afiados.

"Nunca ouvi falar", disse Jackie Casanova. "Você está inventando."

"Já ouvi falar", disse o professor Mandalay, "só que em outro contexto. E além disso, é uma coisa imaginária."

"Os unicórnios são imaginários", disse Virginia Boote, "mas puxa vida, aquele *steak tartar* de quadril de unicórnio estava delicioso. Levemente cavalar, levemente cabrital, e com o ótimo tempero das alcaparras e dos ovos crus de codorna."

"Tem alguma coisa sobre o pássaro-do-sol numa das minutas mais antigas do Clube Epicurista", disse Augustus Duas-penas McCoy. "Só que não me lembro mais o que era."

"Falava que gosto tinha?", quis saber Virginia.

"Acho que não", disse Augustus, franzindo a testa. "Eu precisaria dar uma olhada nos registros encadernados, naturalmente."

"Não, não", disse Zebedeu T. Arrastaperna. "O assunto só aparece nos volumes calcinados. Ali é que você nunca vai se informar."

Augustus Duas-penas McCoy coçou a cabeça. Ele realmente tinha duas penas no cabelo, que passavam pelo chumaço preto-estriado-de-branco que havia em sua nuca, e elas já haviam sido douradas, só que agora estavam com um aspecto muito banal, amarelas e esfiapadas. Ele as ganhara quando menino.

"Besouros", disse o professor Mandalay. "Uma vez fiz um cálculo: se um homem assim feito eu comesse seis espécies diferentes de besouro por dia, levaria mais de vinte anos para comer todos

os besouros já identificados. E no decorrer desses vinte anos, muitíssimas novas espécies de besouro poderiam ter sido descobertas, obrigando-o a continuar comendo por mais cinco anos. E no decorrer desses cinco anos, novos besouros poderiam ser descobertos, obrigando-o a passar mais dois anos e meio comendo, e assim por diante. É um paradoxo da inextinguibilidade. Chamo-o de Besouro de Mandalay. Só que você teria que gostar de comer besouro", acrescentou, "do contrário seria uma experiência péssima."

"Não há nada de errado em comer besouro. Desde que seja o tipo certo de besouro", disse Zebedeu T. Arrastaperna. "Neste exato momento me deu um desejo de comer vaga-lume... O clarão do vaga-lume dá um barato... Talvez seja exatamente disso que eu esteja precisando."

"Embora os vaga-lumes (*Photinus pyralis*) estejam mais para besouro que para lagarta-de-fogo", lembrou Mandalay. "Mesmo assim, não há força da imaginação que os torne comestíveis."

"Talvez eles não sejam comestíveis", ponderou Arrastaperna. "Mas deixam você em forma para qualquer coisa."

Virginia Boote era uma mulher eminentemente prática. Disse: "Suponhamos que a gente queira comer pássaro-do-sol da Cidade do Sol. Onde dar início à busca?".

Zebedeu T. Arrastaperna coçou os cotocos da barba de sete dias que brotava em seu queixo (ela nunca ficava mais comprida do que aquilo; barbas de sete dias nunca ficam). "Se fosse eu", disse aos outros, "viajaria para a Cidade do Sol ao meio-dia no meio do verão e procuraria um lugar confortável para sentar – por exemplo a cafeteria de Mustafá Stroheim –, e esperaria que um pássaro-do-sol aparecesse. Quando ele aparecesse eu o capturaria da maneira tradicional e cozinharia igualmente."

"E qual seria a maneira tradicional de capturar um pássaro-do-sol?", perguntou Jackie Casanova.

"Ora, a mesma que seu famoso ancestral utilizava para apanhar codornas e tetrazes-do-mato", disse Arrastaperna.

"Milho seco e mirtilo seco banhado em uísque", disse Augustus Duas-penas McCoy. "Foi o método que minha família sempre utilizou."

"Também era o método de Giacomo Casanova", disse Arrastaperna, "só que ele usava uma mistura de grãos de cevada com uvas-passas, e banhava as passas em aguardente. Ele mesmo me ensinou."

Jackie Casanova ignorou o comentário. Era fácil ignorar a maioria das coisas que Zebedeu T. Arrastaperna dizia. Em vez disso, Jackie Casanova perguntou: "E onde fica a cafeteria de Mustafá Stroheim na Cidade do Sol?".

"Ora, no lugar de sempre, terceira travessa depois do mercado velho no distrito de Cidade do Sol, pouco antes de chegar ao antigo dique de drenagem que antigamente era um canal de irrigação, e se por acaso você chegar à loja de tapetes de Khayam, o Caolho, é porque passou do lugar", começou Arrastaperna. "Mas estou vendo, pela expressão irritada nos rostos de vocês, que vocês gostariam de obter uma explicação mais sucinta, menos acurada. Muito bem. A cafeteria fica na Cidade do Sol, e a Cidade do Sol fica em Cairo, no Egito, que é onde sempre esteve, ou quase sempre."

"E quem é que vai pagar essa expedição à Cidade do Sol?", perguntou Augustus Duas-penas McCoy. "E quem participará da expedição? Pergunto embora já conheça a resposta, que me desagrada."

"Ué, você é que vai pagar, Augustus. Para todos nós", disse Zebedeu T. Arrastaperna. "Deduza o custo de nossas mensalidades do Clube Epicurista. E vou levar meu avental e meus utensílios de chef."

Augustus sabia que fazia muito tempo que Arrastaperna não pagava sua mensalidade do Clube Epicurista, mas o Clube Epicurista arcaria com a parte dele. Arrastaperna já fazia parte do Clube na época do pai de Augustus. Assim, respondeu simplesmente: "E quando partimos?".

"Domingo!", disse Virginia Boote. "Queridos, vamos num domingo!"

"Muito bem, mocinha", concordou Zebedeu T. Arrastaperna. "Vamos num domingo. Daqui a três domingos. E vamos até o Egito. Lá, passaremos vários dias caçando e tratando de capturar o esquivo pássaro-do-sol da Cidade do Sol e, para concluir, daremos ao prisioneiro o tratamento usual.

O professor Mandalay deu uma piscadela cinzenta. "Tem um problema", disse ele. "Segunda-feira dou aula: toda segunda dou aula de mitologia. Nas terças ensino sapateado e nas quartas carpintaria."

"Arrume um professor assistente para dar seu curso, Mandalay, Ó Mandalay. Na segunda-feira você estará caçando o pássaro-do-sol", disse Zebedeu T. Arrastaperna. "E quantos outros professores poderiam dar essa desculpa?"

Um por um, todos foram falar com Arrastaperna para discutir a viagem e externar apreensões.

Zebedeu T. Arrastaperna era um homem sem residência fixa. Mesmo assim, se você estivesse decidido a encontrá-lo, poderia encontrá-lo em determinados lugares. De manhã cedo ele dormia no terminal de ônibus, onde os bancos eram confortáveis e o pessoal da segurança permitia que ele ficasse deitado; à tarde, na hora do calor mais intenso, circulava pelo parque entre as estátuas de generais há muito esquecidos, com os bebuns e os vagabundos, desfrutando de sua companhia e do conteúdo de suas garrafas e manifestando sua opinião, que era, como sempre, em se tratando de um epicurista, invariavelmente ouvida e respeitada, embora às vezes não fosse bem-vinda.

Augustus Duas-penas McCoy foi até o parque em busca de Arrastaperna; estava com a filha, Hollyberry Sem-penas McCoy. Ela era criança, mas afiada feito um dente de tubarão.

"Você sabe que o assunto tem um lado muito batido", disse Augustus.

"Que assunto?", perguntou Zebedeu.

"Essa história toda. A expedição ao Egito. O pássaro-do-sol. Fiquei com a sensação de já ter ouvido essa lenga-lenga."

Arrastaperna balançou a cabeça, concordando. Estava mastigando alguma coisa que tirava do interior de um saco de papel pardo.

Augustus disse: "Consultei os antigos registros do Clube Epicurista. Encontrei o que parece ser uma referência ao pássaro-do-sol no índice de quarenta anos atrás, mas não pude obter maiores informações".

"Por que não?", perguntou Zebedeu T. Arrastaperna, engolindo ruidosamente.

Augustus Duas-penas McCoy suspirou. "Localizei a página relevante", disse, "mas ela havia sido queimada, e posteriormente houve considerável desordem na administração do Clube Epicurista."

"Você está comendo os vaga-lumes que estão nesse saco de papel", disse Hollyberry Sem-penas McCoy. "Eu vi você fazer isso."

"É verdade, mocinha", disse Zebedeu T. Arrastaperna.

"Você se lembra da época da considerável desordem, Arrastaperna?", perguntou Augustus.

"Sim, me lembro", disse Arrastaperna. "E me lembro de você. Você tinha a idade de nossa jovem Hollyberry. Mas sempre há desordem, Augustus, depois a desordem passa. É como o sol, que nasce e depois se põe."

Naquela noite Jackie Casanova e o professor Mandalay foram ao encontro de Arrastaperna atrás dos trilhos da estrada de ferro. Ele tinha feito uma fogueirinha com alguns carvões e estava preparando alguma coisa numa lata.

"O que você está preparando, Arrastaperna?", perguntou Jackie Casanova.

"Mais carvão", disse Arrastaperna. "Limpa o sangue e purifica o espírito."

Perto da lata havia lascas de tília e de nogueira, pretas e fumegantes.

"E você pretende comer esse carvão, Arrastaperna?", perguntou o professor Mandalay.

Como resposta, Arrastaperna lambeu os dedos e pegou uma lasca de carvão da lata. O carvão estalava e sibilava entre seus dedos.

"Belo truque", disse o professor Mandalay. "Esse é o método adotado pelos engolidores de fogo, não é mesmo?"

Arrastaperna jogou o carvão na boca com um piparote e esmagou-o entre os velhos dentes partidos. "Isso mesmo", disse. "Isso mesmo."

Jackie Casanova pigarreou. "A questão é a seguinte", disse. "O professor Mandalay e eu estamos muito em dúvida quanto à viagem que vamos empreender."

Zebedeu simplesmente mastigou seu carvão. "Não está quente que chegue", comentou. Retirou um graveto do fogo e arrancou com os dentes a ponta laranja, em brasa. "Agora sim", disse.

"É tudo ilusão", disse Jackie Casanova.

"Que nada", disse Zebedeu T. Arrastaperna, sério. "É olmo-espinhento."

"Tenho sérias dúvidas a respeito da coisa toda", disse Jackie Casanova. "Meus antepassados e eu temos um sentido de autopreservação altamente desenvolvido; graças a ele nunca tivemos que tiritar de frio sobre algum telhado ou esconder-nos nas águas de algum rio – a um passo da lei ou de cavalheiros com revólveres e reclamações legítimas –, e esse sentido de autopreservação está me dizendo para não ir à Cidade do Sol com vocês."

"Eu sou um acadêmico", disse o professor Mandalay, "e por isso não desenvolvi esses sentidos que seriam compreensíveis em alguém que nunca precisou classificar papéis sem chegar a ler as benditas coisas. Mesmo assim, a iniciativa me parece extremamente suspeita. Se esse pássaro-do-sol é assim tão saboroso, por que nunca ouvi falar nele?"

"Mas você já ouviu, Mandy, meu velho. Já ouviu", assegurou Zebedeu T. Arrastaperna.

"E além disso, sou especialista nas características geográficas entre Tulsa, Oklahoma, e Timbuktu", prosseguiu o professor Mandalay. "Mas nunca vi, em livro nenhum, menção a um lugar chamado Cidade do Sol, no Cairo."

"Nunca viu menção? Como assim? Você já deu aulas a respeito", disse Arrastaperna, e regou uma lasca de carvão fumegante com pimenta forte antes de jogá-la na boca e devorá-la.

"Não acredito que você esteja realmente comendo essa coisa", disse Jackie Casanova. "Mas só o fato de ver você fazer de conta que está comendo me deixa incomodado. Acho que está na hora de ir para outro lugar."

E foi. Talvez o professor Mandalay tenha ido com ele: aquele homem era tão cinzento e fantasmagórico que era sempre difícil saber se ele estava ou não em determinado lugar.

Virginia Boote tropeçou em Zebedeu T. Arrastaperna, que repousava na soleira de sua porta, nas primeiras horas da manhã. Ela voltava de um restaurante sobre o qual precisava escrever uma crítica. Desembarcou de um táxi, tropeçou em Arrastaperna e se estatelou no chão. "Nossa!", disse ela. "Que tombo!"

"É mesmo, Virginia", disse Zebedeu T. Arrastaperna. "Por acaso você teria uma caixa de fósforos para me emprestar?"

"Tenho sim. Onde estará?", disse Virginia, e começou a remexer a bolsa, que era muito grande e muito marrom. "Aqui está."

Zebedeu T. Arrastaperna tinha uma garrafa de álcool metilado roxo, que começou a derramar num copo de plástico.

"Metil?", exclamou Virginia Boote. "Não sei por quê, nunca imaginei que você fosse adepto de beber metil, Zeb."

"E não sou mesmo", disse Arrastaperna. "Substância nociva. Deteriora as tripas e estraga as papilas gustativas. Mas não consegui encontrar fluído para isqueiro a esta hora da noite."

Riscou um fósforo, depois tocou com ele a superfície do copo de álcool, que começou a arder com uma luz crepitante. Comeu o fósforo. Depois gargarejou com o líquido em chamas e espalhou um lençol de fogo sobre a rua, incinerando uma folha de jornal que passava, impelida pelo vento.

"Arrastapé", disse Virginia Boote, "essa é uma bela maneira de provocar um acidente e morrer."

Zebedeu T. Arrastaperna riu, mostrando os dentes pretos. "Mas eu não bebo", disse. "Só gargarejo e cuspo."

"Você está brincando com fogo", ela avisou.

"É assim que eu percebo que estou vivo", afirmou Zebedeu T. Arrastaperna.

Virginia disse: "Ah, Zeb. Estou *animada*. Estou animadíssima. Qual será o sabor do pássaro-do-sol?".

"Mais pronunciado que o da codorna, mais úmido que o do peru,

mais gordo que o da avestruz e mais suntuoso que o do pato", disse Zebedeu T. Arrastaperna. "Uma vez comido, jamais esquecido."

"Vamos para o Egito", disse ela. "Nunca estive no Egito." Depois perguntou: "Você tem algum lugar para passar a noite?".

Ele tossiu, uma tossezinha que arranhava o interior de seu velho peito. "Estou ficando muito velho para dormir nos vãos das portas e nas sarjetas", ele respondeu. "Mesmo assim, tenho meu orgulho."

"Bem", falou Virginia olhando para Zebedeu. "Você podia dormir no meu sofá."

"Não é que eu não aprecie seu convite", respondeu ele, "mas na estação rodoviária tem um banco com meu nome."

Com isso ele se apoiou na parede e se ergueu, afastando-se em passos titubeantes e majestosos rua abaixo.

Era verdade que na estação rodoviária havia um banco com o nome dele. Ele o doara à estação nos tempos de afluência, e seu nome estava parafusado ao encosto numa plaquinha de bronze. Zebedeu T. Arrastaperna nem sempre era pobre. Às vezes era rico, mas tinha dificuldade em se agarrar a sua riqueza, e em todas as ocasiões em que enriquecera constatara que o mundo fazia cara feia para homens ricos que fazem suas refeições com os mendigos perto de estradas de ferro, ou que andam na companhia dos bebuns do parque, por isso tratava de desperdiçar sua riqueza o mais depressa que podia. Sempre ficavam alguns restos abandonados dessa riqueza aqui e ali, e às vezes ele se esquecia de que não gostava de ser rico e saía novamente atrás da riqueza e sempre a encontrava.

O grupo de epicuristas partiu para o Egito num domingo. Eram cinco; Hollyberry Sem-penas McCoy ficou no aeroporto acenando para eles. Era um aeroporto muito pequeno: ainda permitia acenos de despedida.

"Adeus, papai!", gritou Hollyberry Sem-penas McCoy.

Augustus Duas-penas McCoy acenou de volta para a filha enquanto avançava com os amigos pela pista na direção do aviãozinho a hélice em que fariam a primeira parte da viagem.

"Tenho a sensação", falou Augustus Duas-penas McCoy, "de estar me lembrando, de forma um tanto difusa, de um dia como este há muito, muito tempo. Nessa lembrança eu era um menino que ficava para trás, acenando. Acho que foi a última vez que vi meu pai. Devo confessar que, uma vez mais, sinto um súbito pressentimento nefasto." Disse isso e acenou uma última vez para a criança que acenava para ele do outro lado do campo de pouso.

Embarcaram numa avioneta, depois num avião maior, depois num avião menor, num balão, numa gôndola, num trem, num balão a gás, depois num jipe alugado.

Sacolejaram pelo Cairo a bordo do jipe. Passaram pelo velho mercado e desligaram o motor quando cruzaram a terceira travessa (se tivessem prosseguido, teriam chegado a um dique de drenagem que antigamente era um canal de irrigação). Mustafá Stroheim em pessoa estava sentado do lado de fora, junto à rua; sentado numa velha cadeira de vime. Todas as mesas e cadeiras estavam ao longo da rua, e a rua não era especialmente larga.

"Sejam bem-vindos a minha *kahwa*, amigos", disse Mustafá Stroheim. "*Kahwa* é café ou cafeteria em egípcio. Aceitam chá? Ou uma partida de dominó?"

"Gostaríamos de ir para nossos quartos", disse Jackie Casanova.

"Eu não", disse Zebedeu T. Arrastaperna. "Prefiro dormir na rua. O tempo está ameno e aquela soleira de porta parece extremamente confortável."

"Eu aceito um café, obrigado", disse Augustus Duas-penas McCoy.

"Claro."

"O senhor tem água?", perguntou o professor Mandalay.

"Quem perguntou isso?", indagou Mustafá Stroheim. "Ah, foi o senhor, caro homenzinho cinzento. Me equivoquei. Quando vi o senhor, achei que o senhor era a sombra de alguém."

"Eu gostaria de tomar um *ShaySokkar Bosta*", disse Virginia Boote, que é um copo de chá quente com o açúcar à parte. "E vou jogar gamão com quem me aceitar como parceira. Não existe uma única alma no Cairo que eu não bata no gamão, se é que não esqueci as regras."

Augustus Duas-penas McCoy foi conduzido até seu quarto. O professor Mandalay foi conduzido até seu quarto. Jackie Casanova foi conduzido até seu quarto. O assunto não exigiu muito tempo; afinal de contas, estavam todos no mesmo quarto. Havia outro quarto ao fundo onde Virginia dormiria, e um terceiro quarto para Mustafá Stroheim e sua família.

"O que é isso que você está escrevendo?", perguntou Jackie Casanova.

"As normas, os anais e as atas do Clube Epicurista", disse o professor Mandalay. Ele estava escrevendo com uma pequena caneta preta num grande livro encadernado. "Registrei nossa viagem até aqui e todas as coisas que experimentamos no caminho. Continuarei escrevendo enquanto estivermos comendo o pássaro-do-sol, para deixar assentados para a posteridade todos os sabores e texturas, todos os aromas e todos os sumos."

"Arrastaperna mencionou como pretendia preparar o pássaro-do-sol?", perguntou Jackie Casanova.

"Mencionou", disse Augustus Duas-penas McCoy. "Ele pretende reduzir o conteúdo de uma lata de cerveja a um terço. Depois adicionará ervas e especiarias ao conteúdo da lata. Posicionará a ave sobre a lata de cerveja, com a lata adentrando sua cavidade interna, e depois irá assá-la na grelha. Segundo ele, esse é o método tradicional."

Jackie Casanova fungou. "Estou achando suspeitosamente moderno."

"Segundo Arrastaperna, essa é a maneira tradicional de preparar o pássaro-do-sol", repetiu Augustus.

"É isso mesmo que eu disse", falou Arrastaperna, descendo as escadas. Era um prédio pequeno. As escadas não eram muito longas e as paredes não eram grossas. "A cerveja mais antiga do mundo é a cerveja egípcia, e a esta altura faz mais de cinco mil anos que eles cozinham o pássaro-do-sol na cerveja."

Arrastaperna tinha uma xícara de café turco na mão, preto como piche, fumegante como uma chaleira e borbulhante como um poço de betume.

"Esse café parece estar quentíssimo", disse Augustus Duas-penas McCoy.

Arrastaperna entornou a xícara e engoliu metade de seu conteúdo. "Que nada", respondeu. "Não muito."

Vindo do lado de fora, das mesas ao longo da rua, ouvia-se um lamento em muitas vozes. Virginia Boote convencera os moradores locais a começar a jogar gamão por dinheiro e estava esvaziando os bolsos de todos eles. Aquela mulher era um tubarão em matéria de gamão.

Nos fundos da cafeteria de Mustafá Stroheim havia um quintal com uma velha churrasqueira quebrada composta de tijolos de argila e de uma grelha de metal semiderretida. Havia ainda uma velha mesa de madeira. Arrastaperna passou todo o dia seguinte reconstruindo e limpando a churrasqueira e lubrificando a grelha de metal.

"Pelo jeito, faz quarenta anos que essa churrasqueira não é usada", disse Virginia Boote. Ninguém mais queria jogar gamão com ela e sua bolsa estava estufada de piastras encardidas.

"Mais ou menos isso", concordou Arrastaperna. "Talvez um pouco mais."

O professor Mandalay dedicou algum tempo à tradução dos hieróglifos que, segundo percebera, estavam entalhados nos tijolos de argila da churrasqueira. Segundo ele, algum tolo poderia acreditar que eles eram a comprovação de que a churrasqueira do quintal de Mustafá Stroheim um dia fora consagrada ao Sol. "Mas eu, que sou um homem inteligente", afirmou, "vejo na hora que o que ocorreu foi que os tijolos que um dia, há muito tempo, faziam parte de um templo, foram, ao longo dos milênios, reutilizados. Duvido que essas pessoas tenham consciência do valor do que elas têm aqui."

"Ah, elas sabem muito bem", disse Zebedeu T. Arrastaperna. "E esses tijolos não faziam parte de nenhum templo. Estiveram exatamente aqui nos últimos cinco mil anos, desde que construímos a churrasqueira. Antes disso nos virávamos com pedras."

Virginia Boote voltou do mercado com uma cesta de compras repleta. "Vejam", mostrou. "Sândalo vermelho e patchuli, cabeças de alho, cravos e alecrim, além das outras coisas: tudo o que vocês queriam e mais um pouco."

Zebedeu T. Arrastaperna riu de prazer.

Zebedeu gastou a tarde preparando um molho de churrasco. Disse que era só uma questão de respeito, e que além disso a carne do pássaro-do-sol costumava ser um pouquinho seca.

Os epicuristas passaram aquela noite sentados junto às mesas de vime na rua em frente da cafeteria, enquanto Mustafá Stroheim e família os abasteciam com chá, café e bebidas mentoladas quentes. Zebedeu T. Arrastaperna dissera aos outros que no almoço de domingo haveria pássaro-do-sol da Cidade do Sol e que talvez fosse conveniente não comer nada desde a véspera, para cultivar o apetite.

"Estou com um pressentimento nefasto", disse Augustus Duas-penas McCoy naquela noite, deitado numa cama pequena demais para ele, antes de adormecer. "E temo que a fatalidade nos atinja por intermédio do molho de churrasco."

Na manhã seguinte estavam todos famintos. Zebedeu T. Arrastaperna envergava um avental grotesco, com as palavras BEIJE O COZINHEIRO escritas em letras violentamente verdes. Ele já espalhara uvas-passas e grãos de cevada embebidos em aguardente embaixo do abacateiro torto que ficava atrás da casa, e estava dispondo madeiras aromáticas, ervas e especiarias sobre uma camada de carvões. Mustafá Stroheim e família haviam saído para visitar parentes no outro lado do Cairo.

"Alguém tem um fósforo?", perguntou Arrastaperna.

Jackie Casanova tirou um isqueiro Zippo do bolso e entregou-o a Arrastaperna, que ateou fogo às folhas secas de canela e louro que estavam por baixo do carvão. A fumaça subiu no ar do meio-dia.

"A fumaça de canela e sândalo trará o pássaro-do-sol", afirmou Arrastaperna.

"Trará de onde?", quis saber Augustus Duas-penas McCoy.

"Do sol", disse Arrastaperna. "É lá que ele dorme."

O professor Mandalay tossiu discretamente. Disse: "No momento de maior proximidade, a terra está a uma distância de noventa e um milhões de milhas do sol. A ave de mergulho mais veloz, que se saiba, é o falcão-peregrino: 273 milhas por hora. Voando a essa velocidade, vindo do sol, um pássaro levaria pouco mais de trinta e oito anos para chegar até nós – isso, naturalmente, se conseguisse voar no escuro e no frio e no vácuo do espaço".

"Naturalmente", concordou Zebedeu T. Arrastaperna. Fazendo uma sombra para os olhos com a mão, fixou a vista e olhou para cima. "Lá vem ele", anunciou.

A impressão que se tinha era que o pássaro estava voando para fora do sol; o que não poderia ser o caso. Afinal de contas, ninguém consegue olhar diretamente para o sol do meio-dia.

Primeiro era uma silhueta negra contra o sol e contra o céu azul, depois a luz do sol iluminou suas penas, e os observadores em terra ficaram sem fôlego. Ninguém consegue imaginar o que é a luz do sol nas penas de um pássaro-do-sol.

O pássaro-do-sol adejou uma vez suas amplas asas, depois começou a deslizar no espaço em círculos descendentes acima da cafeteria de Mustafá Stroheim.

O pássaro pousou no abacateiro. Suas penas eram douradas, roxas e prateadas. Era menor que um peru e maior que um galo e tinha as pernas compridas e a cabeça alta da garça, embora ela lembrasse mais a de uma águia.

"Que bonito!", disse Virginia Boote. "Vejam as duas penas compridas que ele tem na cabeça. Não são lindas?"

"De fato, lindas", concordou o professor Mandalay.

"As penas que aquele pássaro tem na cabeça me lembram vagamente alguma outra coisa", disse Augustus Duas-penas McCoy.

"Antes de assar o pássaro, é preciso arrancar as penas da cabeça dele", disse Zebedeu T. Arrastaperna. "É a maneira tradicional de prepará-lo."

O pássaro-do-sol estava pousado num galho do abacateiro, num lugar iluminado pela luz. Dava até a impressão de estar cintilando suavemente, como se suas penas fossem feitas de raios de sol, iridescentes em tons de roxo, verde e ouro. Alisou as penas com o bico, abrindo uma das asas ao sol, depois, com pequenas bicadas, ajeitou todas as penas na posição correta, deixando-as bem lubrificadas. Depois abriu a outra asa e repetiu a operação. Finalmente emitiu um chilreio satisfeito e voou a curta distância que separava o galho do chão.

Andou pomposamente sobre a lama seca, olhando para os dois lados com seus olhos míopes.

"Vejam!", disse Jackie Casanova. "Ele encontrou os grãos."

"Cheguei a ter a impressão de que estava em busca deles", disse Augustus Duas-penas McCoy. "Parecia que estava sabendo que ia encontrar os grãos."

"Sempre deixo no mesmo lugar", disse Zebedeu T. Arrastaperna.

"Que pássaro encantador", disse Virginia Boote. "Mas agora que o vejo de perto, percebo que é muito mais velho do que eu havia imaginado. Tem os olhos embaçados e suas pernas estão trêmulas. Mesmo assim, é um encanto."

"Ele já comeu a cevada e as uvas-passas!", exclamou Jackie Casanova. "Agora está andando trôpego de um lado para o outro – que majestade, mesmo na embriaguez!"

Zebedeu T. Arrastaperna avançou para o pássaro-do-sol, que, com um grande esforço de vontade, continuava andando de um lado para o outro sobre a lama seca debaixo do abacateiro, sem perder o equilíbrio sobre suas longas pernas. Zebedeu posicionou-se bem em frente ao pássaro e então, muito devagar, inclinou-se na direção dele. Inclinou-se como se inclina um homem muito velho, devagar e rangendo, mas mesmo assim o fez. E o pássaro-do-sol se inclinou por sua vez, depois tombou na lama. Zebedeu T. Arrastaperna recolheu-o com reverência e aninhou-o nos braços, carregando-o como se carrega um bebê, levando-o até o terreno atrás da cafeteria de Mustafá Stroheim, com os outros em seu encalço.

Antes de mais nada, arrancou as duas penas majestosas da cabeça do pássaro e as depositou ali ao lado.

Depois, sem depená-lo, destripou-o e dispôs as tripas sobre o carvão fumegante. Posicionou a lata de cerveja semivazia em sua cavidade interna e depositou o pássaro sobre a grelha da churrasqueira.

"Pássaro-do-sol cozinha depressa", avisou Arrastaperna. "Preparem os pratos."

As cervejas dos antigos egípcios eram temperadas com cardamomo e coriandro, pois eles não tinham lúpulo. Suas cervejas eram encorpadas e saborosas, boas para matar a sede. Era possível construir pirâmides depois de beber aquela cerveja, e de vez em quando as pessoas faziam exatamente isso. Na churrasqueira, a cerveja vaporizou o interior do pássaro-do-sol, mantendo sua umidade. Quando foram atingidas pelo calor das brasas, as penas da ave queimaram: pegaram fogo num clarão, como numa labareda de magnésio, um clarão tão brilhante que os epicuristas foram obrigados a proteger os olhos.

O aroma de ave assada se espalhou pelo ar, mais apetitoso que o de peru, mais suntuoso que o de pato. As bocas dos epicuristas ali reunidos começaram a salivar. A impressão que se tinha era a de que fazia pouquíssimo tempo que o pássaro-do-sol fora posto para assar, mas Zebedeu retirou-o de sua cama de brasas e colocou-o sobre a mesa. Depois, com uma faca de trinchar, fatiou-o e dispôs a carne fumegante nos cinco pratos. Derramou um pouco de molho de churrasco por cima de cada pedaço de carne, depois posicionou a carcaça diretamente sobre as chamas.

Todos os membros do Clube Epicurista tomaram seus lugares em torno da antiga mesa de madeira que havia nos fundos da cafeteria de Mustafá Stroheim e comeram com as mãos.

"Zebby, que coisa extraordinária!", disse Virginia Boote, falando de boca cheia. "Desmancha na boca. O sabor é divino."

"Sabor de sol", disse Augustus Duas-penas McCoy, afastando o prato de comida como só homens de grande estatura podem fazer. Tinha uma coxa numa das mãos e um pouco de peito na outra. "É a melhor coisa que já comi na vida, e não me arrependo de comê-la. Só tenho pena de não ter trazido minha filha."

"O prato está perfeito", concordou Jackie Casanova. "Tem gosto de amor e música boa. Gosto de verdade."

O professor Mandalay estava fazendo anotações nos registros encadernados do Clube Epicurista. Estava registrando sua reação à carne do pássaro-do-sol, e registrando as reações dos outros epicuristas. Esforçava-se para não deixar a gordura pingar na página enquanto escrevia, pois com a mão que não estava escrevendo ele segurava uma asa e ia retirando com os dentes, perseverante, toda a carne que havia nela.

"É estranho", disse Jackie Casanova, "pois à medida que vou comendo a carne vai ficando cada vez mais quente em minha boca e em meu estômago."

"É verdade. É assim mesmo. É melhor se preparar um pouco antes de comer pássaro-do-sol", disse Zebedeu T. Arrastaperna. "Comer brasas e chamas e vagalumes para ir se acostumando. Do contrário a experiência pode ser um pouquinho intensa para o organismo."

Arrastaperna estava comendo a cabeça do pássaro, triturando seus ossos e seu bico na boca. Enquanto comia, os ossos lançavam minúsculos raios contra seus dentes. Ele se limitava a rir, e a mastigar com mais vontade.

Na churrasqueira, os ossos da carcaça do pássaro-do-sol ganhavam uma tonalidade laranja ao queimar, depois tornavam-se brancos. O quintal dos fundos da cafeteria de Mustafá Stroheim estava envolto numa bruma espessa e quente; tudo ali cintilava, como se as pessoas reunidas ao redor da mesa estivessem vendo o mundo através da água de um sonho.

"Que bom está isso!", falou Virginia Boote sem parar de comer. "É a melhor coisa que já experimentei na vida. Tem o gosto da minha juventude. Tem gosto de para sempre." Lambeu os dedos, depois apanhou a última fatia de carne em seu prato. "O pássaro-do-sol da Cidade do Sol", disse. "Ele tem algum outro nome?"

"Fênix de Heliópolis", disse Zebedeu T. Arrastaperna. "A ave que morre nas cinzas e nas chamas depois renasce, geração após geração. É o pássaro Bennu, que voava por sobre as águas na escuridão. Quando sua hora chega, ele é queimado no fogo produzido por madeiras e ervas e condimentos raros, depois renasce das cinzas, uma e outra vez, pela eternidade afora."

"Fogo!", exclamou o professor Mandalay. "Tenho a sensação de que há um incêndio em minhas entranhas!" Engoliu a água que havia em seu copo, mas não pareceu ficar mais feliz com isso.

"Meus dedos", disse Virginia Boote. "Olhem só meus dedos." E ergueu a mão. O interior de seus dedos reverberava, como se chamas internas os iluminassem.

O ar tinha ficado tão quente que daria para cozinhar um ovo.

Houve uma faísca e um chiado. As duas penas amarelas do cabelo de Augustus Duas-penas McCoy se ergueram como lança-rojões. "Arrastaperna", disse Jackie Casanova, incandescente, "fale a verdade. Há quanto tempo você come o fênix?"

"Há pouco mais de dez mil anos", diz Zebedeu. "Alguns mil mais, alguns mil menos. Não é difícil, depois que você adquire prática; o difícil é adquirir prática. Mas este é o melhor fênix que já preparei. Ou será que deveria dizer 'A melhor coisa que já preparei foi esse fênix'?"

"Os anos!", disse Virginia Boote. "Estão queimando para longe de você!"

"É o que eles costumam fazer", concordou Zebedeu. "Mas é preciso habituar-se ao calor, antes de comê-lo. Do contrário você simplesmente queima e desaparece."

"Por que eu não estava me lembrando de nada disso?", perguntou Augustus Duas-penas McCoy, por entre as chamas cintilantes que o cercavam. "Por que eu não estava me lembrando de que foi assim que meu pai viajou para Heliópolis, e o pai dele antes dele – para comer o fênix? E por que só estou me lembrando disso agora?"

"Porque os anos estão queimando para longe de você", explicou o professor Mandalay. Ele havia fechado o livro encadernado em couro assim que a página que estava escrevendo pegou fogo. As beiradas do livro estavam calcinadas, mas tudo o mais estava em ordem. "Quando os anos queimam, as lembranças daqueles anos voltam." Agora ele estava com um aspecto mais sólido, visto através do ar incandescente e ondulante, e sorria. Os outros nunca haviam visto aquilo: o professor Mandalay sorrir.

"O que é melhor: que queimemos até virar nada?", perguntou Virginia, agora incandescente. "Ou que queimemos até voltar à infância, depois queimemos até voltar a ser fantasmas e anjos, e depois avancemos outra vez? Tanto faz. Ah, Crusty, tudo isso é tão *divertido*!"

"Talvez", disse Jackie Casanova por entre as labaredas, "o molho devesse ter um pouco mais de vinagre. Acho que uma carne dessa categoria deveria ter a companhia de algo mais intenso." E em seguida desapareceu, deixando apenas um vulto atrás de si.

"*Chacun à son goût*", disse Zebedeu T. Arrastaperna, que significa "depende do gosto de cada um" em francês, e lambeu os dedos e balançou a cabeça. "O melhor de todos os tempos", repetiu, com enorme satisfação.

"Adeus, Crusty", disse Virginia estendendo a mão branca de tão quente para apertar com força a mão escura dele por um momento, ou talvez dois.

E depois só restaram cinzas brancas no quintal da *kahwa* (ou cafeteria) de Mustafá Stroheim em Heliópolis (que um dia foi a Cidade do Sol e hoje é um subúrbio do Cairo). Uma brisa passageira as ergueu no ar, para em seguida deixar-se cair como açúcar granulado, como neve. E não havia ninguém ali além de um jovem de cabelo escuro, escuro, e dentes regulares, muito brancos, vestindo um avental com as palavras BEIJE O COZINHEIRO.

Um passarinho minúsculo, roxo e dourado, estremeceu na espessa camada de cinzas sobre os tijolos de argila, como se estivesse acordando pela primeira vez. Ele soltou um "pip!" agudo e olhou diretamente para o sol, como um bebê olha para um pai ou uma mãe. Abriu as asas como se quisesse secá-las e a seu tempo, chegado o momento certo, voou para o alto, na direção do sol, e a única pessoa que o viu partir foi o jovem do quintal.

Havia duas longas penas douradas aos pés do jovem, por baixo das cinzas que um dia haviam sido uma mesa de madeira. Ele as recolheu, retirou a cinza branca que as recobria e as guardou, reverentemente, no interior de sua jaqueta. Depois tirou o avental e seguiu seu caminho.

Hollyberry Duas-penas McCoy é uma mulher adulta, mãe de filhos. Em sua cabeça há fios de cabelo branco junto com os fios negros, embaixo das penas douradas presas no coque em sua nuca. Dá para perceber que em outras épocas aquelas penas deviam ter um aspecto muito extraordinário, mas isso provavelmente foi muito antes. Ela é a presidente do Clube Epicurista – um grupinho refinado e turbulento –, posição que herdou do pai há muito tempo.

Ouvi dizer que os epicuristas estão voltando a resmungar. Estão dizendo que já comeram tudo o que há para comer por aí.

Para HMG – um presente de aniversário atrasado

O TELEFONE DA ACSE

JEANNE DUPRAU
ilustrado por Rachell Sumpter

Numa tarde nublada e ventosa de terça-feira, Martin Alonzo encontrou um celular caído embaixo dos balanços, no parque da rua 14. Era prateado e brilhante, parecia um espelhinho ali no chão, meio encoberto pela serragem. Martin apanhou o telefone.

Não havia ninguém no parque naquele dia – estava frio demais. O próprio Martin só estava de passagem: ia dar um pulo em casa para buscar seus patins. Depois da escola era só isso que ele fazia: andar de patins. Não gostava de ficar em casa sem fazer nada, naquele apartamento pequeno demais para sua grande família. Era um apartamento apertado e barulhento com seus quatro irmãozinhos e irmãzinhas sempre gritando e chorando e engatinhando para todo lado, e sua mãe sempre correndo atrás deles. Também não gostava de ficar matando o tempo com os garotos da escola porque a única coisa que eles queriam fazer era jogar videogame no fliperama. Jogar videogame fazia Martin se sentir preso numa caixa.

Por isso ele andava de patins, quase todos os dias, percorria a cidade, passava por rotisserias e padarias, por sapatarias ponta de estoque, por lanchonetes, floriculturas e carrinhos de cachorro-quente. Sabia como circular pelo meio dos carros e ônibus e bicicletas. Conseguia subir os meios-fios saltando com os patins, descer escadas, deslizar quando havia uma rampa e desviar das velhinhas. Adorava patinar – mas às vezes se sentia um pouco solitário e perdido perambulando pela cidade sem nenhum lugar específico aonde ir. Era como se estivesse simplesmente jogando o tempo fora.

Encontrar aquele celular era a primeira coisa realmente interessante que lhe acontecia em muito tempo. Sentou-se num banco do parque para examiná-lo. Algumas pombas se reuniram a seus pés, na esperança de ganhar alguma migalha. Quando ele virou o telefone, uma telinha se iluminou e ele descobriu como acionar os diferentes programas apertando as teclas. Seu pai, motorista de um caminhão de entregas, uma vez lhe mostrara como funcionava seu celular. Ele programara o aparelho de modo a poder telefonar para as pessoas com quem falava com mais frequência simplesmente apertando uma tecla. A pessoa que perdera aquele telefone poderia ter feito a mesma coisa. Resolveu fazer um teste. Talvez assim conseguisse descobrir quem era o dono do aparelho.

Apertou a tecla DISCAR, e quando ouviu o sinal de linha comprimiu o número 1. Funcionou. Num segundo, ouviu o tom de chamada. Em seguida uma voz falou: "Mercado Pizzolo".

Martin desligou. Sabia onde era o Mercado Pizzolo – uma pequena mercearia a alguns quarteirões dali. Isso provavelmente significava que o dono do celular morava ali por perto.

Tentou o número 2. Depois de cinco chamadas, entrou uma secretária eletrônica. Ouviu a voz rouca de uma senhora idosa. "Não estou em casa", disse a voz. "Deixe uma mensagem na secretária". Assim como antes, Martin desligou. Outra que não ajudava nada.

O telefonema seguinte conectou-o ao consultório de um médico, e o próximo a uma mulher que perguntou um "Quem é?" num tom impaciente. Martin ouviu um choro de bebê ao fundo antes de desligar.

Não estava chegando a lugar nenhum. Mesmo assim, só para se distrair, resolveu fazer uma última ligação.

O telefone só tocou uma vez. Em seguida houve um clique e um breve silêncio. Depois surgiu um som diferente de tudo o que ele já ouvira na vida. Dava a impressão de vir ao mesmo tempo de longe e de perto, uma gritaria composta de mil vozes entrelaçadas – e junto com o barulho veio uma explosão tão intensa de emoção que quase o derruba do banco. Ele se dobrou para a frente como se sentisse uma terrível cãibra repentina. A emoção entrou por seu ouvido e inundou seu peito e seu sangue, espalhando-se como fogo por todo o seu corpo. Não era raiva nem medo nem alegria nem amor, mas uma mistura disso tudo, tão intensa que ele soltou um grito e deixou o telefone cair no chão.

As pombas, achando que aquilo podia ser alguma coisa de comer, se aglomeraram em torno dele. Ele se inclinou e recolheu o telefone, trêmulo. Com cuidado, aproximou o fone do ouvido – dessa vez deixou-o um pouco afastado – e escutou. O estranho, imenso coro de som continuava saindo, e a emoção voltou a sacudi-lo. Ela era tão forte que ele não conseguiu permanecer sentado no banco. Precisou levantar e se mexer.

Percorreu o parque com grandes passadas decididas: passou pela área dos balanços, foi até o escorregador, deu a volta no trepa-trepa. Ainda bem que não havia ninguém por ali – ele sabia que sua atitude era muito estranha, parecia que o vento é que o soprava de um lado para outro. Depois de bastante tempo, começou a perceber uma coisa.

A emoção que o atravessava se alterava um pouco conforme ele mudava de direção. Se andasse para a quadra de beisebol, seu coração batia mais depressa, como se estivesse com medo. Se andasse para a avenida B, ficava mais calmo. Se saísse do parque e descesse a rua 14, sentia-se arrasado pela tristeza.

Era como aquele jogo em que se procura por alguma coisa e a outra pessoa diz: "Quente! Não, está esfriando! Não, agora está *muuuuito* frio! Quente de novo!". Mas o que ele estava procurando? Não fazia a menor ideia.

No dia seguinte, na escola, teve uma dificuldade terrível para se concentrar. Estava tremendamente ansioso para fazer novas experiências com o telefone. Não fazia muito frio, por isso havia umas poucas pessoas no parque quando ele entrou – uma mãe empurrando o filho pequeno num dos balanços, duas crianças brincando de descer de costas pelo escorregador e uma senhora de gorro de tricô e casaco arroxeado meio troncho arrastando os pés pela trilha que passava ao lado da quadra de beisebol.

Martin foi para junto de um grupo de árvores numa das pontas do parque, ligou o telefone e apertou o 5. Uma vez mais a torrente de som-emoção percorreu seu corpo e obrigou-o a começar a andar. Foi na direção da avenida B, já que na véspera isso amenizara a emoção. Só que agora não funcionou. Tudo estava diferente. Sentiu uma onda de medo ao avançar para o trepa-trepa e um golpe de alegria ao se aproximar das mesas de piquenique. Por fim, quando voltou para o banco da véspera, simplesmente ficou imóvel. Desligou o telefone e sentou-se, completamente confuso.

Foi então que sentiu alguém cutucar seu braço e ouviu uma voz dizer: "Esse telefone que está na sua mão. É meu".

Martin se virou. Atrás dele estava a mulher que avistara mais cedo. Os olhos dela o fitavam por baixo da borda do gorro de tricô que parecia uma panqueca roxa escorrendo logo acima de suas sobrancelhas. Ela apontou para o telefone na mão dele e repetiu: "É meu. Devo ter deixado cair, ontem".

Martin apertou o aparelho na mão. "Prove que ele é seu", disse.

A mulher riu. "Fácil. Aposto que você ligou para meu número 5. Acertei?"

Ele só olhou para ela. De repente, reconheceu-a. O nome dela era sra. DeSalvio, embora todo mundo a chamasse de sra. D. Fazia anos que a via pela redondeza, sempre se deslocando com um telefone encostado ao ouvido. As pessoas faziam troça dela. Diziam que ela devia ter a família mais tagarela do mundo, pois parecia estar sempre escutando e raramente falava.

"Você já tinha ouvido algo parecido antes?", perguntou ela.

Ele fez que não com a cabeça. "O que é aquilo?"

Ela deu a volta no banco e sentou-se pesadamente ao lado dele, exalando um cheiro que Martin achou parecido com o cheiro de sanduíche de pastrami. "Por que eu haveria de contar a *você?*", ela quis saber.

"Porque você vai querer que eu lhe devolva o telefone", respondeu Martin, escorregando mais para o lado e guardando o telefone no bolso.

Ela olhou fixamente para ele. Martin observou que seus olhos eram brilhantes, e não olhos de peixe morto como os de tantos velhos. "Primeiro", disse ela, "você me conta sobre você. Quem é você? Me conte."

Ele poderia simplesmente ter levantado e ido embora. Ou então podia ter saído correndo. Mas achou que provavelmente o telefone *era* dela, ou seja, ela sabia o que significava aquele barulho. E ele também queria saber o que era aquele barulho. E assim começou a falar.

Ela ouviu. Disse "Ótimo, ótimo" quando ele contou dos patins. Franziu as sobrancelhas e fez bico quando ele falou sobre sua casa, o apartamento pequeno demais, atulhado demais, barulhento demais para o qual não gostava de voltar depois da escola. "Você devia trabalhar depois da escola", ela sugeriu.

"É", disse Martin. "Mas eu não sei fazer nada."

Ela inclinou o corpo para o lado dele e falou baixinho: "Você gosta de bichos?".

"Bichos? Claro."

"De que tipo?"

"Todos, acho."

"Gosta de cachorro?"

"Gosto. Eu queria ter um."

"E por que não tem?"

"Não é permitido ter cachorros no meu prédio."

"Entendo", disse a velha. Enfiou a mão no bolso e jogou algumas migalhas para as pombas aglomeradas ao redor de seus pés. "Bem. Você sabe lidar com o estranho?"

"Quê?"

"Com o estranho", repetiu ela, irritada. "Com o estranho, entende? Com o fora do comum, o levemente esquisito. Você sabe lidar com isso?"

"Claro", disse Martin. Ele *gostava* do estranho e do fora do comum.

"Eu não lhe contaria nada disso se achasse que você ia rir", continuou ela. "Ou contar para os imprestáveis dos seus amigos."

"Não conto, não", garantiu Martin, e era verdade.

"Tenho um palpite de que talvez você seja a pessoa certa, e é por isso que estou lhe contando."

"A pessoa certa?", perguntou Martin. "Que pessoa certa?"

Mas ela não respondeu. Apenas olhou para o rosto dele com ar interrogativo, como se os olhos castanhos do garoto, seu cabelo preto ondulado e seu dente da frente quebrado estivessem lhe dando algum tipo de informação a respeito dele. "Está bem, então", ela acabou dizendo. "Aquele número para o qual você ligou..." Ela fez uma pausa. Apertou os olhos e olhou para cima. Baixou o tom de voz e falou num sussurro rouco: "Aquele número liga você para os cachorros".

Martin olhou para ela. Não estava entendendo. "O quê?", perguntou.

Uma rajada de vento soprou alguns papéis amassados pelo parquinho infantil. As pombas levantaram voo, depois pousaram outra vez.

"Vamos dar uma volta", disse a velha. "Estou congelando sentada aqui."

Os dois começaram a andar pela trilha que circundava o parquinho, deram voltas e mais voltas e ela explicando. "Sabe, os cachorros não falam. Não têm as palavras, só as emoções. As emoções deles são tão fortes que impregnam todo o ar, como... como..." Ela balançou as mãos em torno de si. "Como uma vasta rede de ondas de rádio. Esse telefone está ligado à rede. Se você não está acostumado, quando tecla aquele número as emoções chegam com tanta intensidade que derrubam você."

"Foi o que aconteceu comigo", disse Martin. "Mas de que serve um telefone como esse? E onde você o conseguiu?"

"Um senhor que mora no meu prédio me deu", explicou ela, "há muito tempo. E ele serve para o seguinte: para entrar em contato com a ACSE."

"O que é isso?"

"Assistência para Caninos em Situações de Emergência. ACSE."

"Não entendi", disse Martin.

"Vamos nos sentar", disse ela. "Meus pés estão doendo de tanto andar."

E eles se sentaram de novo. "Você percebeu que a emoção muda quando você muda de rumo", falou ela. "Vi quando você fez isso."

"É", concordou Martin. "Mas não sei qual é o motivo."

"Me dê o telefone", ela pediu, estendendo a mão. Martin deu. Ela apertou a tecla. Franziu as sobrancelhas, enrijeceu o maxilar e aproximou o telefone do ouvido. Ouviu por alguns segundos; depois balançou a cabeça e entregou o telefone a Martin. "Fique firme", disse ela, "que você aguenta."

Ele enrijeceu todos os músculos e escutou. Mais uma vez, seu corpo foi tomado pela emoção, só que desta vez ele não perdeu o equilíbrio.

"Muito bem", disse a sra. D. "Ótimo." Ela pegou de novo o telefone e desligou-o. "Agora: o que você está ouvindo é o seguinte.

Essa rede cobre mais ou menos vinte quarteirões. Há outras redes cobrindo a cidade inteira – mas você não precisa se preocupar com elas. Essa que você ouviu tem o parque como centro. Estamos recebendo as vibrações de todos os cachorros existentes nessa área de vinte quarteirões, tanto dos de estimação como dos de rua. O que você ouve é como se fossem centenas de pequenos regatos, todos correndo juntos num mesmo enorme rio. Se você ouvir com muita atenção, se procurar entender, consegue perceber as diferentes... bem, não exatamente *vozes*; eu diria *transmissões*."

"Foi o que imaginei", disse Martin. "Se você fizer várias tentativas, consegue descobrir de que jeito se sente melhor."

"Isso", disse a velha, "é exatamente o que você *não* deve fazer. Você precisa descobrir de que jeito se sente *pior*. É para isso que serve esse telefone." Ela abotoou o último botão de seu casaco e levantou a gola. "Venha", chamou. "Vou lhe mostrar."

Depois de apertar o 5 de novo ela se levantou, atenta ao que estava ouvindo. Deu alguns passos, mudou de direção, deu mais alguns passos, e continuou fazendo isso por mais um ou dois minutos. Depois entregou o telefone a ele. "Muito bem", disse ela. "Ouça com toda a atenção que vai perceber uma espécie de uivo e terá uma sensação pesada, triste. Ande naquela direção" – ela apontou para a avenida B – e a tristeza vai aumentar. Seu objetivo é descobrir de onde ela vem. E continuar andando na direção dela. É duro, mas quanto mais você praticar, mais forte se tornará."

E Martin foi andando. Subiu a avenida B apertando os dentes porque o sentimento de tristeza estava realmente ficando mais intenso. O uivo era fraquinho e distante, como uma agulha de som, e a tristeza parecia uma pedra no seu peito. Toda vez que a pedra ficava mais leve, ele compreendia que estava indo na direção errada. Precisava identificar o uivo fininho no meio daquele coro e andar na direção dele uma e outra vez.

O tempo inteiro, a sra. DeSalvio continuou falando. "Na semana passada, perto da avenida Anderson, encontrei um vira-lata que havia sido vencido numa briga de cachorros. Estava com um dos lados todo ensanguentado." Ela andava ao lado de Martin batendo os pés, e balançava a cabeça. "Aliás, temos um arranjo com o abrigo dos animais", contou ela. "Eles atendem os cachorros da ACSE de graça."

Os dois estavam perto da casa de Martin. "É ali que eu moro", mostrou ele, apontando para seu prédio. "No terceiro andar. Somos sete no apartamento." Ele teria contado mais coisas a ela – teria contado como seu pai queria procurar um lugar melhor mas nunca tinha tempo, como precisava dividir o quarto com um irmão de quatro anos e outro de cinco –, mas a pedra em seu peito prendia suas palavras, tornava-as pesadas e difíceis de pronunciar. Ele lutou contra o desejo de sentar no meio-fio e encolher o corpo todo.

"E tem os casos piores", disse a sra. D., lançando um rápido olhar para o edifício de Martin. Os dois viraram a esquina e entraram na rua 18. "É quando você encontra pessoas maltratando seus próprios cachorros. É isso que eu não tolero."

Martin tapou a outra orelha com a mão livre. Não queria ouvir aquelas coisas. A tristeza que chegava até ele pelo telefone era quase maior do que ele conseguia suportar. A pedra em seu peito estava parecendo uma montanha de tijolos amarrada a seu coração com uma corrente.

Os dois viraram na rua Carter e passaram pela mercearia chinesa, pela loja de massas e pela lavanderia. De vez em quando a sra. D. tirava o telefone da mão dele e escutava: queria ter certeza de que ele estava fazendo tudo certo. "Esse é um caso bastante pesado para uma primeira vez", ela disse. "Sinto muito."

Depois de passar pelo sebo, passaram pela sorveteria. Os joelhos de Martin estavam querendo se dobrar. Cada um dos seus pés pesava cinco quilos.

"Mas quero que você saiba que nem tudo é ruim assim", prosseguiu a sra. D. "Nem sei lhe dizer quantos cachorros devolvi a suas famílias."

Martin não ouvia mais nada. Estava com medo de não conseguir aguentar. Pensou que talvez caísse na calçada e começasse a chorar. "Não consigo." Ele quase cuspiu as palavras, e no começo ela não entendeu o que ele estava dizendo. "Não consigo...", ele repetiu, mas continuou avançando assim mesmo, e um minuto depois se deu conta de um fato estranho. Chegara a um ponto onde a emoção ficava um pouco mais branda a cada passo que dava, fosse qual fosse a direção. Se ficasse imóvel, ela era terrivelmente forte. Martin comunicou sua impressão à sra. D.

"É porque nós chegamos", ela disse. "É ali."

Estavam diante de um prédio grande – avenida Lincoln, 350 – com amplos degraus que levavam a uma porta de entrada dupla. A porta estava aberta porque dois homens que carregavam uma mesa estavam saindo.

"Segure a porta", cochichou a sra. D. para Martin. Ele segurou e os dois entraram discretamente.

"Muito bem. Agora, escute de novo. Agora você já tem condições de ouvir aquela voz separada das outras."

Ele escutou. O sentimento doloroso guiou-o até o primeiro andar e o fez andar por um corredor. No final do corredor, havia uma porta aberta. Dava para perceber que a pessoa que morava ali tinha se mudado. O vestíbulo estava cheio de grandes caixas de papelão fechadas com fita-crepe.

"Você quer que eu me encarregue a partir daqui?", perguntou a sra. D.

Martin recusou. Não ia passar por tudo aquilo para desistir no final.

"Então entre ali e descubra o que está acontecendo", ela indicou. "Espero aqui fora."

Martin desligou o telefone e o entregou à sra. D. Entrou no apartamento. Ele estava quase vazio: só restava um tapete enrolado. Sentiu cheiro de tinta. O único ruído, muito fraco, era de alguma coisa raspando no aposento ao lado. Ele seguiu o ruído.

Na sala, que dava para a rua, havia um homem de frente para a janela, de costas para Martin. Ele estava colando um pedaço de papel à vidraça.

"Com licença", disse Martin.

O homem se virou. "Quem é você, garoto?"

Martin disse seu nome. "Tem algum cachorro aqui?", perguntou.

"Tem, claro", disse o homem. "Ali dentro. Na cozinha." E apontou para o outro lado do aposento. "Os canalhas deixaram ele pra trás, dá para acreditar numa coisa dessas? Simplesmente abandonaram, não deixaram nem um bilhete." Virando-se, o homem continuou a colar o papel. "Vou ser obrigado a levá-lo para dar uma volta no lago. A não ser que você queira ficar com ele..."

Martin entrou na cozinha. Lá, embaixo da mesa da cozinha, amarrado à perna da mesa com um pedaço de corda, estava um montinho encaracolado de infelicidade – um cachorrinho branco malhado de marrom com orelhas triangulares. Sem erguer a cabeça, ele moveu os olhos para observar Martin. Sua cauda estava encolhida, enrolada em torno de seu traseiro. Ele tremia inteiro.

Martin se ajoelhou e pôs a mão nas costas do cachorro. "Ei, cachorro!", falou baixinho. "Ei, cachorro simpático, cheguei". Desamarrou a corda e chamou o cachorro para junto de seus pés. Devagar, guiou-o para fora da cozinha.

Agora o homem estava varrendo o assoalho da sala. Martin olhou para o pedaço de papel grudado à janela. Estava escrito:

ALUGA-SE

"Quanto é o aluguel?", perguntou.

O homem disse. O coração de Martin bateu mais depressa. "Quantos dormitórios?"

"Quatro", respondeu o homem.

O coração de Martin batia tão depressa que sua voz saiu tremida. "Sei de uma família que talvez queira morar aqui", falou. "Pessoas legais. Minha família. O senhor poderia reservar o apartamento enquanto digo ao meu pai para vir dar uma olhada?"

"Está certo", disse o homem. "Mas é melhor falar logo com ele. Este lugar vai ter muita procura."

Quando Martin saiu, a sra. D. (que tinha ouvido tudo da porta) deu uma olhada para o cachorrinho e disse a Martin que sua intuição estava confirmada e que ia passar seu emprego na ACSE para ele. "Estava escrito", afirmou. "Estava escrito, não há dúvida quanto a isso. Na hora certa, também, porque meus pés estão muito velhos para esse trabalho." Depois olhou para Martin com ar preocupado e seu gorro roxo escorregou sobre suas sobrancelhas. "Será que você não vai se cansar logo e abandonar o trabalho?"

"Não vou, não", afirmou Martin.

"E se algum dia você quiser abandonar o trabalho, vai tratar de encontrar alguém para assumir seu lugar, não é mesmo?"

"Vou", prometeu Martin.

Ela balançou a cabeça de novo e entregou o telefone a ele. Depois estendeu a mão novamente e recuperou-o. Apertou a tecla 5 e encostou o telefone no ouvido. “Eu só queria escutar pela última vez”, explicou. A sra. D. ainda ficou um ou dois minutos por ali. Depois se virou e se afastou com seu passo pesado.

E nos meses e anos que se seguiram, as pessoas que moravam perto do parque da rua 14 se habituaram a ver, todas as tardes, um garoto alto percorrendo as ruas sobre seus patins, sempre de celular apertado ao ouvido. Concluíram que ele era algum tipo de entregador. Ele nunca contou a ninguém em que consistia seu trabalho. À família e aos amigos, disse que saía para praticar sua técnica de patinação. Na verdade ficou com uma técnica notável. Havia dias em que percorria vários quilômetros, sempre de patins, e atendia a dezenas de chamados urgentes. Havia outros dias em que não atendia a mais que dois chamados ou apenas a um. E de vez em quando chegava um dia em que as emoções que o

telefone lhe transmitia não continham nem uma só partícula de sofrimento, dias em que todos os cachorros de todos os vinte quarteirões estavam bem alimentados e felizes, alguns bem protegidos em seus lares, outros brincando alegremente com os companheiros de rua. Nessas tardes, Martin deixava os patins no apartamento (na avenida Lincoln, 350), ia até o parque da rua 14 e jogava bola com seu próprio cachorro, que já não era triste.

O SEXTO DISTRITO

JONATHAN SAFRAN FOER

ilustrado por Barry Blitt

Houve um tempo em que a cidade de Nova York possuía um Sexto Distrito. O fato não consta em nenhum livro de história porque não há nada – fora as evidências circunstanciais do Central Park – que prove que ele algum dia existiu. Diante disso, fica muito fácil descartar sua existência. Especialmente numa época como esta, em que o mundo está tão imprevisível e em que é preciso utilizar todos os recursos de que dispomos simplesmente para viver no tempo presente. Mas mesmo que a maioria das pessoas diga que não tem tempo ou razões para acreditar no Sexto Distrito, e *não* acredite no Sexto Distrito, mesmo assim utilizam a palavra *acreditar*.

O Sexto Distrito era uma ilha separada de Manhattan por uma pequena porção de água, cuja parte mais estreita correspondia ao recorde de salto em distância daquele ano, de modo que exclusivamente uma pessoa na Terra seria capaz de ir de Manhattan ao Sexto Distrito sem tocar o chão. A competição do salto em distância era motivo de grandes festividades. Guirlandas de roscas, enfiadas em espaguetes especiais, eram estendidas entre as duas ilhas, pãezinhos indianos eram arremessados na direção de baguetes francesas como num jogo de boliche, saladas gregas eram jogadas para o alto como confete. As crianças de Nova York aprisionavam vaga-lumes em frascos de vidro, depois os faziam flutuar de um distrito até o outro. Os insetos pouco a pouco se asfixiavam, acendendo e apagando em ritmo acelerado durante seus últimos minutos de vida. Se a cronometragem fosse benfeita, no segundo em que o campeão saltava o rio a água cintilava de luzes.

Chegado o momento longamente esperado, o campeão de salto em distância dava início a sua aproximação do East River. Atravessava toda Manhattan correndo, incentivado pelos nova-iorquinos dos dois lados da rua, das janelas de seus apartamentos e escritórios, dos galhos das árvores. E no momento do salto, os nova-iorquinos batiam palmas das duas margens, tanto de Manhattan como do Sexto Distrito, aplaudindo o campeão e uns aos outros. Durante os breves momentos em que o campeão estava no ar, cada nova-iorquino sentia que era capaz de voar.

Talvez "capaz de estar suspenso" exprima melhor esse sentimento. Porque o que havia de instigante no salto não era o fato de o campeão passar de uma margem para a outra, e sim o modo como permanecia entre as duas durante tanto tempo.

Chegou um ano – há muitos e muitos anos – em que a ponta do dedão do vencedor roçou a superfície da água e provocou uma pequena ondulação. O público quase engasgou enquanto a ondinha se afastava do Sexto Distrito e se movia de volta na direção de Manhattan, fazendo com que os frascos de vaga-lumes colidissem entre si como sinetas de vento.

"Vai ver que o impulso foi insuficiente!", gritou da outra margem um conselheiro de Manhattan.

O campeão balançou a cabeça, mais confuso que envergonhado.

"Você estava com vento contra", sugeriu um conselheiro do Sexto Distrito, oferecendo uma toalha ao campeão, para que ele secasse o pé.

O campeão recusou.

"Vai ver que ele comeu demais no almoço", disse um espectador a outro, que trouxera os filhos para assistir ao salto.

"Aposto que ele estava distraído", apostou outro. "Não dá para saltar aquela distância sem estar muito concentrado."

"Não", disse o campeão ouvindo todas aquelas hipóteses. "Não é nada disso. Meu salto foi impecável."

A revelação circulou entre os circunstantes como a ondinha provocada pelo dedão do atleta, e quando o prefeito de Nova York a exprimiu em voz alta, todos suspiraram, concordando: "O Sexto Distrito está se deslocando".

Daquele ano em diante, alguns centímetros de cada vez, o Sexto Distrito foi se afastando de Nova York. Houve um ano em que o pé inteirinho do campeão ficou molhado, e alguns anos mais tarde foi a vez da sua canela, e muitos e muitos anos depois – tantos que ninguém mais conseguia se lembrar o que era comemorar a data sem ansiedade –, o campeão foi obrigado a esticar completamente os braços para poder se agarrar ao Sexto Distrito, e depois disso, infelizmente, não conseguiu mais tocá-lo. As oito pontes que uniam Manhattan ao Sexto Distrito se tensionaram e acabaram desmoronando e caindo, uma de cada vez, dentro da água. Os túneis foram se esticando e afinando, até ficarem tão finos que nada mais podia passar.

As linhas telefônicas e a rede elétrica arrebentaram, obrigando os moradores do Sexto Distrito a recuperar tecnologias arcaicas, a maioria das quais parecia brincadeira de criança: usavam lupas para aquecer suas marmitas; faziam aviõezinhos de papel com documentos importantes e os arremessavam da janela de um edifício de escritórios na direção da janela do prédio vizinho; os vaga-lumes dos frascos, outrora utilizados exclusivamente com propósitos decorativos durante os festivais do salto, agora eram encontrados em todos os aposentos de todos os apartamentos, substituindo a luz artificial.

Os mesmíssimos engenheiros encarregados de cuidar da Torre de Pisa foram trazidos para avaliar a situação.

"Ele quer partir", disseram.

"Bem... O que os senhores opinam sobre o fato?", perguntou o prefeito de Nova York.

Eles responderam: "Não há nada a opinar sobre o fato".

Claro que eles fizeram o possível para salvar o Sexto Distrito, embora "salvar" talvez não seja o termo certo, já que aparentemente o Sexto Distrito queria ir embora. Talvez o termo certo seja "reter". Chumbaram correntes prendendo o Sexto Distrito às margens de Manhattan, mas os elos de todas arrebentaram. Foram instalados alicerces de concreto em torno do perímetro do Sexto Distrito, mas também não funcionou. Correias falharam, magnetos falharam, até orações falharam.

Jovens amigos cujos telefones de lata e barbante iam de uma ilha até a outra foram obrigados a ir alongando cada vez mais seus barbantes, como quem empina pipa e a deixa elevar-se cada vez mais alto no céu.

"Está ficando praticamente impossível ouvir sua voz", disse uma menina de seu quarto em Manhattan, com os binóculos do pai na mão, espremendo os olhos no esforço de localizar a janela do amigo.

"Se precisar eu grito", avisou o amigo de seu quarto no Sexto Distrito, mirando o apartamento dela com o telescópio recebido de aniversário.

O barbante estendido entre os dois ficou incrivelmente longo, tão longo que foi preciso emendar diversos pedaços de fio: um que já havia servido para acionar um ioiô, a cordinha da boneca falante, o que antes fechava o diário de seu pai, o que antes servia para manter as pérolas de sua avó em torno do pescoço dela e longe do chão, o que enrolava a colcha de infância de seu tio-avô e a separava de uma pilha de trapos. Assim, faziam parte das coisas que os dois partilhavam; o ioiô, a boneca, o diário, o colar e a colcha. Eles tinham cada vez mais coisas a dizer um ao outro, e cada vez menos barbante para emendar ao fio quase esticado do telefone.

Sem maiores explicações, o menino pediu à menina que dissesse "Eu te amo" em sua latinha.

Ela não pediu nenhuma justificativa nem disse "Que besteira", nem "Nós somos muito crianças para amar", nem mesmo deu a entender que só estava dizendo "Eu te amo" porque ele havia pedido. Suas palavras percorreram o ioiô, a boneca, o diário, o colar, a colcha, a corda do varal, o presente de aniversário, a harpa, o saquinho de chá, a lâmpada de cabeceira, a raquete de tênis, a bainha da saia que um dia ela deve ter puxado de seu corpo... O menino fechou a lata com uma tampa, desprendeu-a do barbante e guardou o amor que a menina sentia por ele numa prateleira de seu armário. Claro, ele nunca mais poderia abrir a lata, porque se o fizesse perderia o que estava dentro. Para ele, era suficiente saber que estava ali.

Algumas pessoas, como os parentes daquele menino, não queriam sair do Sexto Distrito. Diziam: "Para quê? Quem está se movendo é o resto do mundo. Nosso distrito está imóvel.

Eles que saiam de Manhattan!". Como provar à pessoa que diz uma coisa dessas que ela está errada? E quem haveria de querer fazer isso?

Para a maioria dos moradores do Sexto Distrito, porém, não se tratava de recusa a aceitar o óbvio: não era por teimosia, por princípio e nem por bravura. Aquelas pessoas simplesmente não queriam ir embora. Gostavam de suas vidas e não queriam mudar. E assim flutuaram para longe, alguns centímetros de cada vez.

E tudo isso nos leva ao Central Park.

* * *

O Central Park não costumava estar situado no lugar onde está hoje. Antes ele ficava exatamente no centro do Sexto Distrito; era a alegria do distrito, seu coração. Mas depois que ficou evidente que o Sexto Distrito estava mesmo se afastando, que não poderia ser mantido ou retido, ficou decidido, graças a um plebiscito realizado na cidade, que o parque seria salvo. (O voto foi unânime. Mesmo os sexto-burgueses mais empedernidos apoiaram as medidas a tomar.) Ganchos imensos foram presos à margem leste do terreno do parque e ele foi puxado pelos moradores de Nova York, como um tapete por sobre o assoalho, do Sexto Distrito até Manhattan.

As crianças receberam autorização para se deitar no parque enquanto ele era transferido de um lugar para outro. Isso foi considerado uma concessão, embora ninguém soubesse o motivo pelo qual era preciso fazer uma concessão, ou por que tal concessão deveria ser feita só para as crianças, e não para os adultos. O maior espetáculo de fogos de artifício da história iluminou os céus de Nova York naquela noite, e a Filarmônica tocou com toda a alma.

As crianças de Nova York se deitaram de costas, uma ao lado da outra, recobrindo completamente o parque. (Impressionante: o espaço disponível correspondia exatamente ao espaço necessário para que coubessem todas as crianças, como se o parque tivesse sido projetado para elas e para aquele momento.) Os fogos de artifício jorraram, dispersando-se no ar pouco antes de chegar ao solo, e as crianças foram sugadas, um centímetro e um segundo de cada vez, para Manhattan e para a vida adulta. No momento em que o Central Park chegou ao local onde repousa atualmente, não havia criança que não estivesse adormecida, e o parque era um mosaico dos sonhos que elas sonhavam. Algumas soltavam gritos, outras sorriam sem perceber, outras estavam perfeitamente imóveis.

Houve de fato um Sexto Distrito?

Não há prova irrefutável disso.

Não há nada capaz de convencer alguém que não queira ser convencido.

Mas há uma fartura de indícios capaz de fornecer ao acreditador voluntário razões para que ele mantenha sua fé: no bizarro registro fóssil do Central Park, no pH incongruente do açude, na localização de certos tanques do zoológico (que correspondem aos buracos deixados pelos ganchos gigantescos utilizados para puxar o parque de um distrito até o outro).

Há uma árvore – a não mais que vinte e quatro passos na direção leste contando a partir da entrada do carrossel – em cujo tronco se veem dois nomes gravados. Não há registro desses nomes no anuário telefônico nem nos censos. Eles não constam de nenhuma documentação encontrada nos registros de hospitais, impostos ou eleições. Tampouco há outras provas de que aquelas pessoas tenham existido além do fato de que seus nomes estão escritos na árvore.

Eis um fato: nada menos que 5% dos nomes gravados nas árvores do Central Park têm procedência desconhecida.

Como todos os documentos do Sexto Distrito flutuaram para longe junto com o Sexto Distrito, jamais teremos como provar que aqueles nomes pertenciam a residentes do Sexto Distrito e foram gravados na época em que o Central Park ainda se situava no Sexto Distrito, e não em Manhattan. Por isso há quem acredite que são nomes inventados e, para levar a dúvida um pouco mais adiante, que os gestos de amor foram gestos inventados. Outros acreditam que os nomes e os gestos pertenceram a turistas, o que é uma crença bastante razoável. Outros acreditam outras coisas.

Mas é difícil para qualquer um, mesmo para o mais cínico dos cínicos, passar mais de alguns minutos no Central Park sem ficar com a sensação de estar experimentando algum outro tempo além do tempo presente. Talvez seja a nostalgia que todos sentimos em relação ao que já passou, ou quem sabe nossas próprias esperanças em relação ao que ainda virá. Ou quem sabe é o resíduo dos sonhos daquela noite em que o parque foi transferido de um distrito para outro e todas as crianças de Nova York manifestaram seu subconsciente ao mesmo tempo. Talvez sintamos falta do que elas perderam, e desejemos o que elas queriam.

Há um enorme buraco no meio do Sexto Distrito, no lugar onde antes se localizava o Central Park. À medida que a ilha se desloca

6
SEXTO DISTRITO
DA CIDADE DE NOVA YORK
(isso mesmo que você ouviu)
circa: ainda há pouco
STATEN
ISLAN
NY
Sexto detrito?
Quem sabe onde ele vai parar?

ver daqui!
ANTES ERA BEM AQUI
JURO
I ♥ 6D
QUEENS
BROOKL

Foi avistado recentemente perto da Antártica.
Você está olhando para o lado errado!
Estou olhando para outra coisa
BRONX (a)
MANHATTAN
(era)
(é)
ERA BEM ASSIM

na superfície do planeta, ele funciona como uma moldura, exibindo o que está por baixo dele.

Hoje o Sexto Distrito é a Antártica. As calçadas ficaram cobertas de gelo, os vitrais da Biblioteca Pública suportam o peso da neve. Há fontes congeladas em pracinhas congeladas onde crianças congeladas estão congeladas em pleno voo nos seus balanços – as cordas congeladas as sustentam no alto. As franjas dos xales dos meninos judeus congelados estão congeladas, assim como as mechas das perucas congeladas de suas mães congeladas. Cavalos ajaezados estão congelados em pleno trote, comerciantes do mercado das pulgas estão congelados em pleno regateio, mulheres de meia-idade estão congeladas no meio de suas vidas. No chão veem-se os cristais congelados dos primeiros alentos dos bebês, bem como os dos últimos suspiros dos moribundos. Os martelos de juízes congelados estão congelados entre a culpa e a inocência. Sobre uma prateleira congelada, bem fechada e congelada, está uma lata, e dentro da lata há uma voz.